JN058213

Nick and Charlie

ニック・アンド・チャーリー

やあ
カシャ
PARIS

Nick and Charlie

by Alice Oseman

First published in English in Great Britain
by HarperCollins Children's Books,
a division of HarperCollins Publishers Ltd. under the title:

Nick and Charlie
Copyright © Alice Oseman 2020

Translation © Hiromi Ishizaki 2024,
translated under license from HarperCollins Publishers Ltd.
Alice Oseman asserts the moral right to be identified
as the author of this work.
This edition published by arrangement with
HarperCollins Publishers Ltd, London
through Tuttle-Mori Agency, Inc., Tokyo

「そう、ほんとになんでもないお知り合いね」とエリザベスは笑いながら言った。「ああ、ジェイン、気をつけて」

「まあ、リジーったら、わたしをそう見くびらないでね、この上危険に晒《さら》されるはずはないでしょ」

「彼をまたまた夢中にさせてしまう危険がおおありだと思うわよ」

——『高慢と偏見』ジェイン・オースティン

（光文社古典新訳文庫・小尾芙佐訳）

1

チャーリー

トゥルハム・グラマースクールの生徒会長として、僕はいろんなことを経験してきた。あるときは、保護者との懇親会でワインを飲んで酔っぱらった。市長とは三回も記念写真に納まった。うっかり七年生を泣かせてしまったこともある。

だけど、今思うとそんなことはたいしたことじゃない。高校生活最後の日を楽しんでいる十三年生全員に、お楽しみはここまでだと言い渡すことにくらべれば。それこそが、シャノン校長が今、僕にさせようとしていることだ。

その十三年生の中に、僕がつき合って二年になるニック・ネルソンがいることは言っておくべきだろう。

「お願いできるね」シャノン校長が談話室のテーブルに身を乗りだしてくる。僕は試験勉強をしている、と言いたいところだけど、実際は、マック・デマルコのコンサートをスマートフォンで観ていた。「すでに収拾がつかないほど盛り上がっているし、わたしなどより君から言ったほうが効果があると思うんだが、どうだろう」「それは……」となりの席でギャラクシーミンストレルのチョコを口に放り込んでいる友人のタオ・シュウにちらりと目をやる。タオは〝ご愁傷さま〟というように眉を上げてみせる。

イエスとはどうしても言いたくない。

学校の最終日、十三年生がテーマに選んだのは、映画『ハイスクール・ミュージカル』だ。校門のトゥルハム校のプレートの上には、〈イースト高校〉の巨大な看板。あちこちの教室のパソコンからはサントラが流れ、学校のどこにいても挿入歌が聞こえてくる。さっきはサッカー場で「ホワット・タイム・イズ・イット」のフラッシュモブをやっていた。みんな今日はバスケットボール選手の赤いユニフォームか、チアリーダーのコスチュームで学校に来ている。残念ながら、ニックはバスケットボール選手のほうだ。

あげくのはてに、『ハイスクール・ミュージカル』とはまったく関係なく、テニスコートに段ボール箱を積み上げた要塞が作られ、中でバーベキューがはじまった。「バーベキューをやめさせてくれればそれでいい」校長は、僕がしぶっているのを察したらしい。そりゃそうだ。段ボールの要塞に乗り込んで、百五十人の上級生に楽しみをやめるよう説得するんだから。「わかるだろう、安全のためだ。誰かがやけどでもしたら、保護者に突き上げられるのはわたしだからね」そう言って含み笑いをする。

生徒会長になって数か月、僕はすっかりシャノン校長に信頼されている。これはかなり笑える。だって、校長に言われたとおりにしたことなんてほとんどないんだから。

先生とも生徒ともうまくやる。敵を作らず、友達も多くは作らない。これが学校生活を生き抜くためのコツだ。

「わかりました。やってみます」

「君はほんとうに頼りになる」校長は立ち去りながら、僕に指を突きつける。「試験勉強はほどほどにな」

タオはチョコをほおばりながら僕を見る。「マジで十三年生と対決するつもりじゃないだろうな」

思わず笑う。「まさか。ちょっと様子を見にいって、校長に気をつけろと忠告するだけだよ」

もうひとりの友人、アレッド・ラストが向かいの席から顔を上げる。さっきから一時間近く、数学のノートをせっせとマーカーで色分けしている。「ハンバーガーをもらってきてよ」

僕は椅子から立ち上がり、ブレザーをひっかける。「まだ残ってればね」

ほかの十二年生は、すでに試験休みに入っている。僕がここにいるのは、家にいるより勉強に集中できるからで、タオとアレッドも同じ考えだ。だけど、ほんとうは学校になんて来たくない。今年いちばんの暑さの今日くらい、氷の袋を頭に載せて、どこかで昼寝でもしていたい。

この週末、ニックと僕にはいくつか計画がある。ニックはついに学校から解放されて、僕も試験休みに入った。木曜日の今日は、ニックの家でお泊まり。明日の夜は、ハリーの家でシックス・フォーム全員が参加するパーティーがある。土曜日はビーチに行って、日曜日はロンドンに出かける。

とはいえ、週末を一緒に過ごすのは今週だけじゃない。

毎日一緒に過ごすのも、今に限ったことじゃない。

もし三年前の僕が、十七歳になるころには二年間つき合っている彼氏がいると言われたら、きっと笑いとばしていただろう。

「チャーリー・スプリング！」〈ワイルド・キャッツ〉の横断幕をくぐって段ボールの囲いの中に足を踏み入れると、ハリー・グリーンが両手を大きく広げて近づいてきた。十二歳用の『ハイスクール・ミュージカル』のチアリーダー衣装を身につけて、学校にはふさわしくないほど露《あら》わに太ももをさらしている。

要塞はテニスコート二面分という広さだ。ものすごい数の段ボール箱に加えて、あちこちの教室から少なくとも机が十個持ち出され、コート二面のまん中には本格的なバーベキューセットが置かれている。ハンバーガーが配られ、ワイヤレススピーカーからはヴァンパイア・ウィークエンドの曲が流れている。

十三年生の大半がここに集まっているようだ。この学年は、ほかの学年にくらべてダントツに人数が多い。以前ヒッグス女子高で大きな火事があり、校舎がいくつか焼け落ちたあと、十三年生の女子生徒が大勢編入してきたからだ。話せば長くなる。

ハリーは両手を腰に当て、僕を見上げてにやっと笑う。「どう思う?」

ハリー・グリーンは背が低く、髪を高く突っ立てている。学校でおそらくいちばん悪名の高いやつだ。パーティーを開きまくることと、くだらないことをしゃべりまくることにおいて。

僕は眉を上げる。「段ボールの要塞のこと? それとも、太もものこと?」

「両方だ」

「なかなかのもんだ」真顔で言う。「いい鍛えっぷりだよ。その調子でがんばって」

ハリーは一歩下がって片ひざを曲げ、筋トレのランジをする。「スカートを選んで正解だったな。これからもっとこの格好をするべきだ」

「たしかに」

ハリーは以前はすごくイヤなやつだった。何年か前、僕が学校でただひとりゲイだとカミングアウトしたときには、たくさんの上級生たちにいじめられた。ハリーもそのひとりだ。だけどありがたいことに、この数年で少しはバージョンアップして、同性愛嫌悪《ホモフォビア》はクールじゃないと気づいたみたいだ。だとしても、あのときのことを許したわけじゃない。ニックと僕は、今でもハリーのことをしょうもないゲス野郎だと思っている。

ランジのポーズのままでハリーが尋ねる。「校長に言われて来たのか。俺たちの楽しみを奪うために」

「まあ、そういうこと」

「まじでやめさせるつもりか」

「そんなわけないだろ」

ハリーがうなずく。「そうこなくっちゃ。おまえは出世するよ」

ふだんなら、ニックのことは大勢の中でもすぐに見つけられるけど、今日はみんなが赤を着ているから簡単じゃない。中にはわが道を行く生徒もいて、そのひとりが姉のトリだ。トゥルハム校の黒の制服を着て、隅っこの青いアスファルトにすわって友達のリタと話している。だけどトリとほかの数人を除いては、誰もが赤いひとかたまりにとけ込んでいる。

「ニックならあそこだぜ」

ハリーを振りかえると、にやりと笑って左奥のほうを指さす。そして、「みんなスター！」を口ずさみながら、そちらに向かって歩きだす。僕もあとに続く。

「おーい、ニック！」バーガーとプラスチックのコップを手に写真を撮りあう十三年生たちの頭ごしにハリーが叫んだ。

そこにニックがいた。

仲間の輪から振りかえり、ハリーの声が聞こえた気がするけど、みたいに目を泳がせている。

僕がニック・ネルソンとつき合いはじめたのは十四歳のころだ。ニックが好きなのは、ラグビー、F1、動物（とくに犬）、マーベル映画、サインペンが紙の上を走る音、雨、スニーカーアート、ディズニーランド、ミニマリズム。それと、僕。髪はダークブロンドで瞳は茶色、僕より二インチ背が高い（こんなこと誰が興味ある？）。そして、超セクシーだ。そう思うのは僕だけかもしれないけど。

ニックは僕たちを見つけると大きく手を振り、僕とハリーがようやくそばにたどり着くと、僕と目を合わせる。「やあ」

ニックの『ハイスクール・ミュージカル』のコスプレは、まっ赤なショートパンツとタンクトップ。下手くそなヤマネコの絵が胸にピンで留められている。正直

言って、ふだんとそれほど変わらない。

「メール返してくれなかったね」僕は言う。

ニックはジュースをひと口飲む。「ゲームに夢中で気づかなかった」そう言って、いきなり使い捨てカメラをポケットから出して、僕に髪を整えたりにっこりしたりする間も与えずにシャッターを押した。

手でさえぎろうとしたけど、一瞬遅かった。「ニック！」

ニックは大声で笑うと、カメラのフィルムを巻いてポケットにしまう。「チャーリーの間抜け顔コレクションに加えよう」

「ひどいよー」

ハリーはいつの間にか離れたところにいる別のグループと話している。ニックが近づいてきて、僕の手を取る。そして、手遊びをするみたいにポンポンはずませる。

「もう少しここにいる？　それとも試験勉強に戻る？」

僕は周囲を見回す。「ほんとは勉強なんてしてない。マック・デマルコのライブを観てたんだ」

「そんなことだろうと思ってた」

しばらくのあいだそうやって手をポンポンさせたあと、ニックが片手を上げて僕の髪をかき上げた。そのとき突然気づいた。今日は、僕たちが学校で一緒に過ごす最後の日だ。毎日同じ場所に通っていた六年間が終わる。カップルとして過ごしたのは二年間。一緒にランチを食べ、グラウンドのベンチにすわり、音楽室やパソコンルームや更衣室でふたりの時間を過ごした。帰るときもいつも一緒だった。晴れの日には歩いて、寒い日にはバスに乗って。曇ったバスの窓にニックが僕たちの顔を描き、その肩で僕は眠った。そんな日々がぜんぶ終わる。

いつもなら、こういうとき僕たちは話をする。悲しいことや、もやもやすること、腹が立つことがあったときはいつも。だけど、ニックは大学に行くことにすごくわくわくしてるから、僕が愚痴っぽくなって、気分を盛り下げるようなことはしたくない。そういうことはこれまでの人生でさんざんしてきたから。ただ……僕ひとりが置いていかれると思うと、なんだか最低な気分になる。

そのとき、カシャッという音がして、僕たちは顔を上げる。振りかえると、ハリーがニックのカメラをこちらに向けて大笑いしている。「熱いねえ、おふたりさん。

あーあ、大学に行ったら、また邪魔するカップルをさがさなきゃいけないのか」

ニックがカメラをさっと奪い返す。「ポケットから盗んだのか」

ハリーはウインクすると、また大笑いしてどこかへ行ってしまった。ニックは頭を振って、フィルムを巻く。「まじでムカつくやつだ」

「そのカメラ、どうしたの」

「買ったんだよ。大学に行ったら、携帯のじゃなく、リアルな写真を壁に飾りたいと思ってさ」

僕はカメラをさっと奪い取り、彼の写真を撮る。

「おい、やめろって」ニックがカメラを奪い返してにやりとする。「自分ひとりの写真なんていらないよ。みんなにナルシストだと思われるだろ」

僕もにやりとする。「じゃあ、僕が持っておくよ」

ニックは僕の肩に手を回す。「一枚くらい、ノーマルな関係に見える写真を撮っておかなくちゃ」

レンズをこっちに向けてカメラを構えるニックに僕は言う。「現実を見ようよ。僕たちはどう見てもノーマルじゃない」

髪が乱れていないか確かめる僕を見て、ニックは声を出して笑う。そして、ふたりで笑顔を作り、ニックがシャッターを押す。

「大学に訪ねていったとき、この写真が額に入っていることを期待してるよ」

「額を買ってくれたらな。こっちは家賃を払わなきゃならないんだ」

「バイトすればいいじゃん」

「おいおい、そっちはバイトしてるのに、何も買ってくれないってか？　信じられないよ。そんなやつとなんで俺はつき合ってるんだ」

「こっちが訊きたいよ、ニック。なんでまだ一緒にいるの？　二年以上もたつのに」

　ニックは笑って僕の頬にさっとキスをすると、ジュースの並ぶテーブルのほうにうしろ向きで歩きだす。「顔が好みだから」

　僕は中指を突き立てる。

　つき合いはじめたばかりのころ、僕たちはしばらくのあいだ誰にも言わなかった。みんながどんな反応をするか想像もつかなかったから、オープンにしないほうが安全だと思った。そのときも、それ以前も、僕たちが知る限り学校にはゲイのカップルはいなかったし、かつて僕がゲイだとカミングアウトしたときには、ひどいいじめにも遭った。だから僕たちはまわりに人がいるときは手をつながなかったし、いちゃつきもしなかった。ニックとふつうに話をしているだけで、そわそわすることもあった。誰かに気づかれて、またいじめられるんじゃないか、ニックまでいじめの標的になるんじゃないかって。

今では、そんな心配をすることはなくなった。僕はいつでも好きなときにニックと手をつないでいる。

ニック

最後の授業のベルが鳴ったとき、ほんの少しだけ涙が出そうになった。

もちろんハリーほどじゃない。やつはわんわん泣きわめき、誰かれかまわずハグしてまわり、バスを待っていた七年生にまで抱きついて、ドン引きされていた。

みんなに会うのが今日で最後というわけじゃない。それでもなんだか寂しい。もう制服を着ることも、昼休みに校庭でキャッチボールをすることもない。水曜日の五時間目が終わったあとに、談話室でみんなとビスケットをつまんでわいわいすることもない。

学校でチャーリーと過ごすこともない。

気がかりなこともいくつかある。いちばん大きいのは、自分がバイセクシャルだと改めてカミングアウトしなくちゃならないことだ。今でさえ一日おきにカミングアウトしなくちゃならないくらいなのに、大学に行くとなると山ほど新しい人たちと出会うことになる。その人たちには、当然ストレートだと思われるだろうから、また一から説明しなくちゃならない。家を出るのも不安だ。母さんを家にひとり残していくのもちょっと心配だ。

それからやっぱり、チャーリーと離れなくちゃならないこと。

それでも、卒業するのにはいいことがたくさんある。大学に行って、好きなときに好きなことをやり、ほんとうに興味のあることを勉強するのが待ちきれない。ようやくこの退屈な町から抜けだして、ひとりで暮らし、何を食べるか、どう時間を使うかを自分で決められる。

怖くもあるし、寂しくなることもあるだろう。だけど、心の準備はできている。

「明日のお別れパーティーに僕たちが行くかどうか、ハリーが訊いてきてるよ」チャーリーが車の助手席で、携帯をスクロールしながら言う。最近では共通の友達はみんな、ふたりに用事があるときはチャーリーひとりにメッセージを送る。俺がめったに返信しないのを知っているからだ。

チャーリーのほうがずっとちゃんとしている。

「君が行くなら、行ってもいいけど」学校の駐車場から車を出しながら言う。

「うん、行ったほうがいいと思う。どうせ学校主催のプロムはしょぼいだろうから」

「たしかに」

心地よい静けさの中、家まで車を走らせる。チャーリーはドアの小物入れからサングラスを出してかけ、ラジオをつけると、ひざを立ててシートに足を載せ、携帯の画面（たぶんタンブラー）をまたスクロールしている。最高に素敵な天気だ。青空がビルの窓や車に反射して、まるで空の上をドライブしているみたい。ウインドウを下ろして、ラジオのボリュームを上げ、ポケットから使い捨てカメラを出す。そして、日差しを顔いっぱいに浴びて、黒い髪を風になびかせ、助手席で背中を丸めているチャーリーの写真を素早く撮る。

チャーリーが顔を上げてにらみつけてくるが、口元はほころんでいる。「ニック！」

俺もにやりとして、道路に視線を戻す。「気にするな」

「撮る前に声をかけてよ」

「それじゃつまらない」

放課後にどちらかの家で過ごすのはいつものことで、どちらかと言うとうちに来ることのほうが多い。母さんは仕事に出かけているし、兄貴は家を出てひとり暮らしだから、ふたりきりでいられる。

この数か月、親たちは平日でもときどきなら互いの家に泊まることを許してくれている。うちの親はぜんぜんオッケーだけど、チャーリーのところは厳しくて、週に二回以上泊まりたいと言ったら、許してもらえなくなるとチャーリーは考えている。

これがふつうじゃないことはわかっている。両親たちも、これがふつうだとは思っていないはずだ。親が寛容なのは、もちろんありがたいけど、ふと思ったりもする。ふつうのティーンエイジャーのカップルは、平日の夜にお泊まりなんてしないんじゃないだろうか。毎日毎日一緒にいたりしないんじゃないだろうか。

まあ、どっちだっていい。俺たちは俺たちだ。

★

チャーリーと家ですること。

テレビゲーム。テレビや映画を観ること。ユーチューブを観ること。学校の課題や宿題。試験勉強。昼寝。いちゃつくこと。セックス。同じ部屋で黙ってそれぞれのパソコンに向かうこと。ボードゲーム。料理を作ったり、飲み物を作ったり、ときどきお酒を飲むこと。コンサートや休暇の計画を立てること。枕をまわりに積み上げて、その中でセックスすること（一度だけだけど、たしかにあった）。俺の愛犬、ヘンリーとネリーと遊ぶこと。チャーリーの弟、オリバーがレゴでいろんな物を作るのを手伝うこと。おしゃべりしたり、けんかしたり。黙ったり、泣いたり、笑ったり。ハグしたり、眠ったり。別々の部屋からメールを送り合ったり。チャーリーは、ドラムの練習をしたり、音楽のプレイリストを作ったり、本を読んだり。俺は、携帯で写真を撮ったり、こっそりチャーリーの絵を描いたり、ふたりとも食べたことのない料理を作ったり。

そんなふうにまったり過ごしている。退屈だと言われればそうかもしれない。だけど嘘いつわりなく、ふたりとも心から満足している。

キス
キス
ワン
ワン
コポ
コポ
カタ
カタ
カタ
Z
Z
Z

今日もいつもと変わらない。家に帰って、飲み物を飲んで、俺はジョギングパンツとスウェットシャツに着替える。チャーリーはきのう置いて帰ったジーンズとTシャツに着替えてベッドに倒れ込み、腹ばいになって俺のラップトップを開く。

「何か食べる?」一階に下りるときにチャーリーに尋ねる。

学校から帰ったときは、いつもこう尋ねる。つき合いはじめた年、チャーリーはかなり深刻な拒食症になった。数か月のあいだ精神科の病院に入院するほどだった。おかげでずいぶんよくなったけど、今でもあまり食べられないことがある。こういう病気はすぐには治らない。だけど以前とはぜんぜん違うし、精神的にもかなり落ち着いてきている。今では夕食はほとんど問題なく食べられる。だけど、それ以外はぜったい間食しようとしない。

「ううん、いらない」いつもと同じ答えだ。

それでも必ず尋ねることにしている。尋ね続けていれば、いつかイエスと言ってくれる日が来るかもしれない。

トースト二枚とレモネードで小腹を満たして二階に戻ると、チャーリーは険しい顔でラップトップに向かっている。

ベッドの彼のとなりに腰を下ろす。「何見てるんだい」

チャーリーはこっちをちらっと見て、すぐにラップトップに戻ると、何かをクリックする。「べつに。タンブラーをチェックしてただけだよ」

チャーリーには何度も勧められているけど、俺はタンブラーを使っていない。あいうのは性に合わない。

チャーリーはごろんと仰向けになって、自分の携帯を取りだした。俺はチャーリーが空けてくれたスペースに寝そべり、ラップトップを引き寄せる。タンブラーの画面はすでに閉じられている。たぶん俺に興味のありそうなことじゃなかったんだろう。別のタブには、今朝読みはじめていたリーズ大学のラグビーチームについての記事がある。大学に行ったら入部テストにトライして、パスすればチームに入るつもりだ。

九月からは、このリーズ大学に通う。ここからはけっこう離れていて、だいたい二百マイルくらい。遠距離になることについては、当然チャーリーと話し合った。もちろん理想的ではないし、今みたいに毎日一緒に過ごせる最高の環境とはほど遠いけど、ふたりとも問題ないと思っている。

チャーリーは今、カフェでバイトをしているから、数週間ごとに列車に乗って会いに来られるし、こっちだって数週間ごとに帰って来られる。つまり、少なくとも二週間ごとには会えるってことだ。メールもできるし、電話やビデオ通話だってできる。

チャーリーに、リーズ大学のラグビーチームについて知っていることをあれこれ話す。大学のチーム内にいくつの階級《ティア》があるか、チームに入れる自信はあるか（もちろんある。自分で言うのもなんだけど、ラグビーの腕前はちょっとしたものだ）。それから、部費がいくらだとか、バイトをさがさなくちゃとか、スポーツ奨学金を申請したほうがいいだろうかとか。だけど、ほかのやつらにくらべて俺なんかぜんぜんだめかもとか、チームのユニフォームがグリーンと白で、めちゃくちゃかっこいいいんだとか。

チャーリーは仰向けのままじっと耳を傾けて、いくつか質問をしてきたけれど、こっちがしばらくしゃべり続けていると、退屈になってきたのか、だんだん静かになって、俺のスウェットシャツの袖をいじりはじめた。そして、突然こちらに身体を向けると、しゃべっている俺の首のうしろをぐいと引き寄せてキスをしてきた。

これにはちょっと驚いた。ふたりきりになるたびにいちゃつく段階はとっくに卒業したと思っていたのに。

しばらくして身体を離そうとしたけど、チャーリーはもっと強く引き寄せてくる。キスをしたまま笑うと、彼も笑っているのがわかる。だけどふたりともやめないまま一分が過ぎ、いつの間にか自分の指が彼の髪をとかしていることに気づく。こんな雰囲気になるにはちょっと時間が早すぎるけど、そんなことを気にする余裕はない。チャーリーがさらに積極的になって、俺の上に重なってきたこの状況では。

「何か別のことを話したかった?」俺はささやく。どうしてこういうことになったのかと思いながら。チャーリーの額から髪をかき上げる。彼の髪が好きだ。

チャーリーが目をのぞき込んでくる。そして身体を起こしてラジオのスイッチを入れる。ザ・ヴァクシーンズが流れてくる。彼はまた俺の上に重なり、首をかしげる。「そんなことないよ」そう言って、唇を重ねてくる。

チャーリー

ひと言でいえば、僕はニックが大学のことを話すのが気に入らない。

僕はひどい人間だ。

ニックは大学に行くことをものすごく楽しみにしている。当然だ。彼がわくわくするのは僕もうれしい。

だけど最近は、朝から晩までその話ばかりしている。そして、彼が大学の話をするたびに、僕たちの今の関係に終わりが近づいていることをいやでも思い出してしまう。九月が来れば、僕は置いていかれる。

ひと言でいえば、僕は恐くてたまらない。

いろんな人がタンブラーでメッセージを送ってくるけど、なんのなぐさめにもならない。僕にはタンブラーのフォロワーがたくさんいて、その多くがニックと僕に興味を持っている。それも半端なく。正直、ちょっと不気味だ。

僕たちが九月から遠距離になると書き込むと、すぐにメッセージがどっと押し寄せた。遠距離になると悲惨なことがいろいろ起きるから、覚悟したほうがいい、とかなんとか。もううんざりだ。いちいち返信するのは二日前にやめたけど、メッセージはまだ届き続けている。どうしてそこまで僕たちのことが気になるんだろう。わざわざメッセージまで送ってくるなんて、まったく理解できない。

ありがたいことに、ニックはその日のそれからあとは、犬の散歩のときも、夕食のときも、映画の『エイリアン』を観ているときも、大学の話をしなかった。十時ごろに彼がシャワーを浴びにいったとき、タンブラーの受信トレイをもう一度チェックしてみる。そこにはさらにたくさんのメッセージが届いている。

匿名メッセージ：

ニックが大学に行ったらふたりの関係をどうするか話し合った？　片方が大学に行って、それでも関係を続けようとがんばったカップルをたくさん知っているけど、最終的にはみんな別れたわ。一度きちんと話をしたほうがいいわよ。

匿名メッセージ：

そもそも、そんなに長くつき合ってるのっておかしくない？　ちゃんとした関係を築くのに十四歳は早すぎる。初恋の相手と永遠に添いとげなきゃならない、なんて考えないほうがいい。

匿名メッセージ：

遠距離はぜったいにうまくいかない。悪いこと言わないから、さっさと終わらせたほうが傷つかなくてすむ。

匿名メッセージ：

大学に入るときは、断然フリーのほうがいい。大学時代は人生でいちばんのモテ期なんだから、やりまくらなきゃ損だ !!!!

こんなの、ニックにはぜったいに見せられない。大学に行くことをうしろめたく思ってほしくない。彼が大学を楽しみにする気持ちは完全に正しいんだから。

僕がどう感じるかは、また別の話だ。

ニックがタオルで髪を拭きながら、パジャマのズボンだけの姿でバスルームから出てきた。「どうかした？」

「え、どうして」

「またむずかしい顔をしてるから」

素早くタンブラーのアプリを閉じる。「そうかな」

ニックは鏡の前まで行って、ドライヤーを取る。「そうだよ」

「もともとこういう顔なんだ」

「いや、ふだんはもっとかわいいよ」

枕を思いっきり彼のほうに投げると、彼は笑って身をかわす。

こんなこと、ニックには話せない。きっとひどい気分にさせてしまう。そうでなくても、これまで僕のせいでさんざんしんどい思いをさせてきた。メンタルの問題を抱えた、史上最上級にめんどくさい彼氏、それが僕だ。

「ここに来て、一緒に自撮りしようよ。フォロワーたちをムカつかせてやりたいんだ」

ニックはにっこり笑ってドライヤーを置く。「どうして自撮り写真がフォロワーをムカつかせるのさ」

「自撮りにムカつかないやつはいない」

「えらく遠回しなやり方だな」ニックはベッドのほうに来て、僕のとなりにどっかとすわった。

携帯のカメラを起動して、ニックが何か言おうとする前に、頬にキスしてシャッターを押す。

ニックはまた笑う。「おいおい、ネットに流すつもりじゃないだろうな」

僕はニックの身体に腕を回す。「みんなが望んでる」

「せめて髪を整えさせてくれよ」

「濡れた髪も素敵だよ」

ふたりで顔をくっつけ合って、僕は片手でピースサインを作ってもう一枚写真を撮る。そのあと、ちゃんとキスしている写真も撮る。だけどこれはタンブラーには載せない。自分たちだけのものにしておいたほうがいいものもある。

カシャ

ニック

翌朝、チャーリーの携帯のアラーム音で目が覚める。俺の音楽の目覚ましとは違って、とうてい無視できない耳障りな電子音だ。それでも、チャーリーのとなりで目覚めるのは、ほかのどんな状況で目覚めるよりもずっといい。どうしてかはわからない。でも、彼がいないと、ベッドはなんだか冷たく感じる。

チャーリーは今日もどうしても学校に行くと言う。家で試験勉強をするのが苦手なんだそうだ。七時に起こされたのは、車で学校まで送るためだ。一緒に学校で試験勉強してもいいんだけど、授業から解放された初日に勉強するなんて、考えただけでもノートを燃やしたくなる、それに、どうせ一緒にいたら、ふたりとも勉強しようなんていう気持ちにならない。

目を開けると、チャーリーが寝返りを打っている。カーテンの隙間からひと筋の光が胸元に差し込んでいる。俺は半分寝ぼけながらも、また写真を撮りたい衝動に駆られ、ふと思い出す。そういえばゆうべ夜中に水を取りにいったときに、ベッドで眠るチャーリーの写真を撮ったんだった。フィルムはそのときに使い切ってしまった。

チャーリーは手を伸ばしてアラームをとめ、俺の身体を乗り越えてベッドから降りようとする（うちのベッドは壁にくっついている）。またごうとする彼のウエストをぐいと引き寄せて、自分の上に抱きとめる。彼は小さく叫んで、眠そうな声で笑う。「シャワーを浴びてこなくちゃ」

「だめだ、ここにいろ」

「そんなことしたらまた眠っちゃうよ」

「学校なんて行くなよ」

「ニック！」

「一緒にいてくれ」

「無理だよ。だって……勉強しなくちゃ」

「うーん、しょうがないなあ」力をゆるめると、チャーリーは身をよじって腕からすり抜ける。チャーリーがいなくなると、ベッドはまたすぐ冷たく空っぽになる。どうしてだろう。いつもひとりで寝ているときは、そんなこと感じたこともないのに。

2

チャーリー

ニックなら、僕がどんなふうに感じているかわかってくれると思っていた。ふだんのニックはすごく察しがいい。ちょっと気味が悪いくらいに。それに、大学の話をやめてほしいってことは、かなりはっきり態度で示したつもりだ。ところが、三時間目がはじまる前に、ニックが起きたか確認しようとメッセージを送ると（家に戻ったら二度寝すると言っていたから）、興奮ぎみの返信がものすごい勢いで送られてきた。

ニック・ネルソン
（11:34）新生活のための買い物に早く行かなくちゃ!! 台所用品を買うのがめちゃ楽しみなんだけど、それって変かな？

ニック・ネルソン
（12:02）備えつけのベッドはダブルか、メールで確認したほうがいいかな??　どのシーツを買えばいいか、みんなどうやって判断してるんだろう？
（12:05）　ダブルベッドだといいな（笑）。君のベッドは狭すぎる。

ニック・ネルソン
（12:46）X box を持っていきたいんだけど、オタクだと思われるのはイヤだしなー。どう思う？

ニック・ネルソン
（12:54）カリームは学校にいる??　もしいるなら、ベッドのこと知ってるか訊いてくれない？

ニック・ネルソン
（13:15）これまで気づかなかったけど、俺ってインテリアにめちゃ興味があるみたいだ。イケアのウェブサイトはヤバすぎる。

僕はぜんぶのメッセージに、いかにも興味がありそうに返信したけど、読み返してみるとずいぶん冷めた感じだ。だけど、ニックは気づいていないみたい。そのあとも、大学のこと、新生活のための買い物のこと、取りたいと思っている単位のこと、その他もろもろ、ひっきりなしにメッセージが送られてきて、僕は一秒ごとにますますひどい気分になる。

遠距離になることについては、何度か話し合った。といってもずいぶん前、ニックが大学をあちこち見てまわっていた去年の夏と、願書を出していた秋のことだ。僕はニックがいなくなるのがすごく不安だと打ち明けた。いつも一緒にいられなくなるのが怖いと言った。なんだか恥ずかしかった。ばかみたいだ、ひとりになるのが怖いだなんて。三歳児じゃあるまいし。

ニックは、電話やメールでいつでも話せるから、何も心配ないと言って僕を安心させた。あれ以来きちんと話したことはない。だって、それ以上何も言うことがないから。

大丈夫、何も心配ない。

談話室にすわって、ミューズのアルバム『オリジン・オブ・シンメトリー』をリピートしながら、ラテン語の試験に備えて単語を覚える。今日学校に来ている唯一の友達、アレッドをつかまえて、ときどきテストをしてもらう。とにかく、あまり考えすぎないほうがいい。大丈夫だ。何も心配することはない。

ランチのあと、アレッドにまたテストしてもらう。〝latrocinium〟の意味を三回続けて間違えると、アレッドが単語カードを置いて僕を見る。アレッド・ラストは友達が大勢いるタイプじゃない。あんまりシャイなので、人から話しかけられることもほとんどない。だけど、僕にとっては、アレッドとタオは最高の仲間だ。

「あー、ごめん」僕はとっさに言う。「もっと勉強しなきゃ、だね」

アレッドはまばたきをして、窓の外に目を向ける。

今日も最高に天気がいい。僕もニックと一緒にベッドにいたほうがよかったかもしれない。

「今日はここまでにしようか」アレッドはいつものように小さな声で言うと、くすっと笑って自分の手元を見る。数学のノートがさらにカラフルに色分けされている。「もう充分がんばったからってわけじゃないよ」

「ははは、僕も同じだ」

「ちょっと心配でさ。なんだか今日は落ち込んでるみたいだから」

不意をつかれて、すぐに返事ができなかった。「えっ、そんなことない。元気だよ」

「ほんとに？」アレッドは両手の指をもじもじさせて、僕をちらっと見る。

「ほんとだよ。でもどうかな。ニックったら、口を開けば大学のことばかりなんだ。だから、僕としてはおもしろくないというか……」僕はうううっとうめいて髪をかきむしる。「こうやって言葉にすると、僕ってサイアクだよね」

「ううん、そう感じるのは当然だよ」アレッドはにっこりする。「そうだったんだね」

「だけど、こんな気持ちになるのはニックに申し訳なくて。彼にはわくわくする権利があると思うんだ」

「自分の気持ちをちゃんと伝えたほうがいいよ。遠距離になることについては話し合ったんでしょ？」

「うん、ちょっと前にね。だけどニックはあまりピンときていないみたい。それがどれだけ……」どう言葉を続けていいかわからない。「それに、そういう話をすれば彼は罪悪感を覚えるだろうし」僕は頭を振る。「楽しい気分に水を差したくないんだ」

「あのさ……」アレッドは一生懸命に言葉をさがしている。机の上に視線を落として、ノートの端をもてあそんでいる。「心配することは何もないと思う。だって君たちは……君たちはニックとチャーリーだから。別れるはずがないよ。あのエルとタオだって別れてないんだし……」

ニックと同学年のエル・アージェントとタオは、僕たちと同じころからつき合っていて、しょっちゅう口げんかしている。原因はたいてい、映画の感想とか些細なことだけど。

「そうだよね」

アレッドはそれ以上何も言わなかったから、僕はトイレに行くと言って席を立った。だけど、トイレには行かない。ロッカールームまで歩いていって、ロッカーの隙間の壁にもたれて携帯を取りだし、ニックに言いたいことを考えてみる。どう伝えたら僕の気持ちをわかってもらえるだろう。だけど、どんな伝え方をしても、ニックは罪悪感を持ってしまうだろう。それだけはぜったいに避けたい。

代わりにタンブラーのアプリを開く。何か楽しいメッセージが届いていないかと思って。でも、そこにあるのはろくでもないものばかりだった。遠距離がどれほど大変か考えているのかとか、つらい思いをするだけだとか、離れているあいだにニックがほかの相手を見つけたらどうするとか。こんなことでくよくよするつもりはないけど、やっぱり気になってしまう。どういうわけか、涙まで出てきた。だからタンブラーを閉じて、アプリを携帯から削除する。

僕たちは大丈夫だ。なのに、どうしてこんなに動揺しなくちゃならないんだ。

ニック

　チャーリーが三時十五分に助手席に乗り込んできたとき、何かがおかしいと感じた。お帰りと声をかけても、ただいまと小声で言うだけで、ドアを閉めるとすぐに窓にもたれて目を閉じてしまう。

　彼が何か言うのをしばらく待つ。だけど無言のままだ。「大丈夫？」

「うん」こちらを向こうともしない。

「いやなことでもあった？」

「べつに」

　それ以上は訊かずに車を出す。話したければ話すだろう。それがチャーリーについて学んだことのひとつだ。話したくないことを無理に話させようとすれば、話してくれる可能性はもっと低くなる。

チャーリーの家に着くころには、気分が少し持ち直したみたいだから、尋ねるのはやめにしておく。だけど、まだどこか上の空だ。俺が彼のお母さんと世間話をしているあいだも、黙りこくってラップトップに向かっている。

そのあと、チャーリーはハリーのパーティーに着ていくものを三十分以上かけて選ぶ。どこに行くにもジーンズとチェックのシャツという格好にきまってるのに。夕食にもいつもよりかなり時間をかける。これは、チャーリーがストレスを抱えているサインだ。ハリーの家に向かう車の中では、ひざを上下に揺らしている。

何かの理由で俺に腹を立てているんだろうか。どんな理由かはさっぱりわからないけど。ハリーの家から少し離れた場所に車をとめると、チャーリーは俺とトリを置いてさっさと歩きだす。トリはチャーリーの姉さんで、一緒に車に乗ってきた。

「けんかでもした？　機嫌が悪いみたいだけど」トリが尋ねる。

「何に腹を立ててるのか、さっぱりわからないんだ」

「ふーん」トリはそれ以上何も言わない。

ハリー・グリーンは、目抜き通りの近くにある豪邸に住んでいる。盛大なパーティーをしょっちゅう開いていて、それがトゥルハム校でいちばんの有名人である主な理由だ。十一時には、ほとんど全員が地下に集まり、安っぽいダブステップの曲に合わせて踊ることになる。十二時には、観葉植物の鉢や歩道にゲロを吐くやつらが現われ、二時になるとそれぞれ廊下で寝たり、別の部屋に分かれていちゃついたり、庭でばか騒ぎをする。だいたいいつもそんな感じだ。

思ったとおり、ハリーは家が揺れるほどの大音量で地下から音楽を響かせ、家の中は人でごった返している。ほとんどがトゥルハムのシックス・フォームの生徒だけど、十年生や十一年生もちらほらいて、中には町の反対側にある中学校の生徒らしき子もいる。ほんとうは庭にいるつもりだったけど、急にどしゃぶりの雨が降ってきた。夏の天気は気まぐれだ。

家の中に入って、トリが友達をさがしに行ってしまうと、チャーリーは足早にキッチンに向かう。いつものようにボトルやプラスチックのカップが隙間なく並ぶテーブルまで行くと、チャーリーはカップにウォッカを注いで飲み、続けてもう一杯飲み干す。ここはひと言いっておくべきだろう。

チャーリーの腕に触れる。「なあ」

チャーリーはこちらを見て、ウォッカ・レモネードを自分で作ってひと口飲む。

「ん？」

「大丈夫か」

彼は何度もうなずいてみせる。「うん、大丈夫だよ。どうして？」

俺は首を振る。「なんか、いらいらしてるみたいだから」

チャーリーはまた目をそらして、ウォッカをカップにつぎ足す。「ああ、うん……試験勉強で疲れちゃって……それでちょっと気が立ってるんだ」

これはもっともな説明に聞こえる。でも、チャーリーはその気になればイギリス国民全員をあざむくことだってできる――実際これまでたくさんの人たちをあざむいてきた。摂食障害のことでは、学校のみんなに何か月も嘘をついていた。俺と出かけるのを許してもらえそうにないときには、ときどき両親にだって嘘をつく。学校で生徒たちに嫌われないために、シャノン校長に嘘をつくこともある。ただ、チャーリーの名誉のために言っておくと、俺に嘘をつくことはまずない。でもたまに、心配をかけないために、心にもないことを言っていると感じるときがある。今もそんな感じだ。

チャーリーはまたカップに口をつけて、目をぐるりと巡らせる。「あ、ベスト・コースト」

「え？」

「この曲。ベスト・コーストだ」

音楽が流れていることにも気づかなかった。何か言おうと言葉をさがしていると、チャーリーに先を越される。

「こうなったら、酔っぱらおうよ」

「俺は運転しなくちゃいけない」

「そっか」

「君は飲めばいい」

「そのつもりだよ」

「だけど、先にみんなに挨拶してきたほうがよくないか」

チャーリーはカップにレモネードを注いで差しだし、「そうだね」と言うと、い

きなり顔を近づけてくる。あんまり近いので、みんながしゃべったり飲んだりしている目の前でキスをしてくるかと思った。だけどそうはせず、黒い髪の下からクールな目で見上げてくる。片頬にえくぼのできる、からかうような笑みを浮かべ、初めて会ったときに俺をとりこにした魅力を全開にして。俺は半分戸惑い、半分どぎまぎする。

「ニック」低いささやきは、唇を見つめていなければ聞きとれなかっただろう。

頬が熱くなるのを感じ、ぎこちなく笑い返す。返す言葉が見つからない。人前でいちゃつくことに抵抗はないけれど、まわりに人がいるときにこんな雰囲気になったことは一度もない。いったいどういうつもりなんだ。

「酔っぱらって、トイレでしたい」チャーリーはつぶやくと、俺が何か言い返す前に行ってしまった。

チャーリー

僕は、(a)大学の話をいっさいしないことによって、(b)自分でも恥ずかしいくらい大胆に彼を挑発することによって、ニックが大学に行ってしまうことに対する自分の気持ちと闘っていると自覚している。だけど実際は、次に誰かが〝大学〟という言葉を口にしたら、その瞬間に殴ってしまいそうなほどストレスを感じている。これまでの人生で人を殴ったことは一度もないけど、何かをはじめるのに遅すぎるということはない。

あ、それと、もうひとつ。(c)お酒を飲むことによって。

今はかなり酔いがまわっている。

僕が酔うのに時間はかからない。この状況ではそれはとても役に立つ。まわりがどこもかしこも十三年生だらけで、卒業だのプロムだの、夏休みだの大学だのという話題がひっきりなしに飛び交い、今すぐ家に帰りたくなるこんな状況では。ニックがそんな話をするのを聞くのは最悪だから、できるだけ離れたところにいる。

僕はひどい人間だ。

今は十一時。ウォッカ・レモネードをもう何杯飲んだだろう。立ち上がるのがかなり困難だとわかったので、サンルームのアームチェアにタオと一緒にすわっている。ふたりですわるには狭すぎて、足がしびれてくる。タオが半分僕の足の上にすわっているからだけど、タオはそんなことは気にもかけず、夢中で何かしゃべっている。僕は頭がぼーっとして、何を話しているのかはわからない。

「ニックとはちゃんと話したのか?」そう言われて我に返る。でも耳に綿が入っているみたいで、今起きていることが現実のように思えない。

「え、何? 聞いてなかった」

タオがにやりと笑う。いつも学校以外の場所では、ふだんとは違うエキセントリックな部分を前面に打ちだしているように見える。今夜の装いは、ビジネスマン風のストライプのシャツにロールアップした緑のパンツ、それにトレードマークの赤いニット帽だ。自分がウェス・アンダーソン映画の世界の住人だと真剣に思っているらしい。

タオは僕の身体に両腕を回し、頭をくっつけてくる。「おまえってやつは、ほんとに愛すべきバカだな。俺たちの卒業が今年じゃなくてホントよかったよ」

「あともう一回〝卒業〟って言ってみろ、マジで泣いてやるから」

タオは僕の頬をぽんぽんたたく。「よしよし、心配するな。おまえたちはニックとチャーリーじゃないか」

「なんだよそれ、意味わかんないよ」

ニック

みんなが大学の話をしている。

こんなにわくわくしたり、何かを楽しみにしたことはない。大学に進学するほかのみんなも同じみたいだ。ここから自由がはじまる。これからは自分のやることは自分で決める。ついに大人の仲間入りだ。

ただ、チャーリーがその話ばかりしたくないというのもわかる。彼が卒業するのは、まだ一年先だから。

それにしても、そろそろ十一時になるのに、チャーリーはどう考えても俺を避けている。いつもパーティーではずっとくっついているのに。それにさっきのあの態度……はっきり言って、わけがわからない。

チャーリーは友達のタオとアームチェアにひざを抱えてすわっていた。俺がタオに声をかけて軽く言葉を交わすあいだ、チャーリーはこっちをじっと見ている。アームチェアの横にしゃがんで目を合わせようとすると、チャーリーは宙を見つめてまばたきを繰り返す。やっぱり怒っている。「大丈夫か？」

「大丈夫だよ！」そう言って、ひきつった笑みを浮かべる。「そんなにしょっちゅう確認されるとウザいんだよ！」

何なんだこれは。ここ何か月も、こんな口のきき方をしたことはない。俺が何をした？

立ち上がって言う。「わかったよ。そんなに大声で叫ばなくてもいい」

チャーリーは目をそらす。「叫んでなんかない」

「そうか」背中を向けてサンルームから出ていく間際、タオの声が聞こえてくる。

「おい、チャーリー、いったいどうしたんだよ」

チャーリー

夜中の十二時、僕は地下にいる。ほとんど全員がここで踊っている。大音量のダブステップ（ダフト・パンクのチープなリミックス）が、頭の中で鳴り続ける声をかき消してくれるかと期待したけど、うまくいかない。僕は最低だ、宇宙一ひどい彼氏だ。そんな声が頭から離れない。壁にもたれてずるずるすべり、床にぺたんと腰を下ろす。点滅するライトの下で踊る人たちが、目の前にぼやけて見える。ニックに八つ当たりするなんて最低だ。どうして僕はこうなんだろう。

「チャーリー！」音楽に混じって声が聞こえる。ニックの声じゃない。顔を上げると、アレッドが立っている。えんじ色のセーターを着て、きまり悪そうに僕を見下ろしている。アレッドは僕のとなりにしゃがみ込む。「大丈夫？」

いや、かなりヤバい。ぜんぜん大丈夫じゃない――そう言いかけて、ぐっとのみ込む。「うん、大丈夫だ」

「そうは見えないけど」アレッドは眉をひそめる。「あのさ、それって……エルとタオのせいなの？」

これは幻聴だろうか。脳が適当な言葉を勝手につなぎ合わせているだけなんだろうか。「え、どういう意味？」

「僕はただ……つまり……きのう言ったエルとタオのこと……あんなこと言うんじゃなかった……ほんとにごめん」

僕は頭を振って笑おうとする。「いったい何の話だよ、アレッド？」

「聞いたよね……エルとタオが別れるって」

思わず壁から背中を浮かす。「なんだって？」

アレッドの目が大きく見開かれる。「その、なんと言うか、てっきり知ってると思ってた。エルとタオが……夏休みが終わったら別れるって」

僕はアレッドをじっと見つめる。

「嘘だろ？」

アレッドはうつむく。「嘘じゃない。タオが言ったんだ、エルが大学に行くまでは今までどおりつき合うけど、遠距離になるとさすがにキツいって」

「だけど、タオは何も言ってなかった。さっきまで話してたのに……僕には何も……」

アレッドは黙っている。

何か言わなきゃと口を開いたが、言葉が出てこない。ほんの少し遠くに行くくらいで、どうして別れるなんて言うんだろう。エルとタオは完璧な相思相愛だ。ずっとお互い好き同士で、何年もかかってやっと恋人になった。

それなのに別れるなんて、そんなばかな。

僕たちはぜったいにそんなふうにはならない。ニックは、遠距離でもまったく問題ないと言っている。別れたいなんて思ってもいない。

ほんとうにそうだろうか。

もしかしたら、別れたがっているのかも。

「チ、チャーリー、いったい……」アレッドが沈黙を破る。気がつくと僕は泣いている。最悪だ。

「ごめん……」僕は言ったが、その声は大音量の音楽にかき消される。いったい僕は誰にあやまっているんだろう。「ごめん……ほんとうにごめん」

ニック

もう三十分チャーリーの姿を見ていない。まだ腹を立てているとしても、そろそろさがしにいってもいいころだろう。それにしても、あの態度はなんだ。さすがにムカつく。怒らせるようなことは何もしていないのに。

チャーリーは地下にいた。部屋の隅のほうに友達のアレッドとすわっている。さっきのわけのわからない不機嫌が収まっていることを願いながら、踊っている人たちのあいだを縫って近づいていく。近づくにつれて、彼の頬が濡れていることに気づく。チャーリーは泣いている。ただごとじゃない。明らかにまずいことが起きている。

彼のとなりにひざまずくと、アレッドがどうすればいいかわからないというような目を向けてくる。チャーリーがゆっくり顔を上げる。さっきより酔っているみたいだ。あれ以上酔えるなんてちょっと信じられないけど。どうりで床にすわり込んでいるわけだ。

「おい、大丈夫か」音楽に負けじと声を張り上げる。

チャーリーは笑うが、どう見ても大丈夫じゃない。ぜったいに何かおかしい。

「また大学の話?」

「なんだって?」

「もううんざりなんだよ、ニック」

目を細めてチャーリーを見る。「うんざり?」そう聞き返したが、彼は口の中でぼそぼそつぶやくだけで、何を言っているのか聞きとれない。

そのとき、いきなりチャーリーに顔を引き寄せられてキスされる。

酔ってキスするのは楽しくないことがすぐにわかる。とくに、どちらかがしらふの場合は。チャーリーは頬が濡れ、アルコールの味がする。状況を把握するのに数秒かかり、そのあいだにちらっと目を開けると、アレッドがあぜんとした表情で立ち上がり、行ってしまうのが見えた。

チャーリーの身体をそっと押し戻す。「だめだ、君は酔ってる」

「ニィーーック！」チャーリーがまたすり寄ってきて、俺はうしろにのけぞる。

「チャーリー、ほんとうに変だぞ」

「変じゃない」

「いや、ぜったいに変だ」腕を引っ張って立ち上がらせる。チャーリーはふらついて、俺の腕にしがみついてくる。「上に行こう」

チャーリーが黙っているので、ダンスをする人の波をかき分けて一階に連れていく。人気《ひとけ》のない廊下を抜けて、サンルームに行くと、思ったとおり誰もいない。室内は静かで、雨がガラスの天井をたたく音だけが聞こえてくる。

チャーリーをアームチェアにすわらせて、その前にしゃがみ込む。「いったい何があった」

彼は目を合わせようとしない。こっちの言うことも聞こえていないみたいだ。

「チャー」少し強めに言うと、今度は目を合わせる。「どうしてそんな態度をとるんだ」

「なんのこと」吐き捨てるように言い、頭を振る。「どんな態度だよ」

「俺にマジ切れしたかと思ったら、今度は急にべたべたしてきたり」

彼は前かがみになって、両手で顔を覆う。「気持ち悪い、吐きそう」

「いいかげんにしろ」俺は立ち上がる。いったいどうすりゃいいんだ。「どうしてそんなにわけのわからないことばかりするんだよ」

チャーリーは動かない。

「ちゃんと説明してくれ！」

彼は何も言わない。

「俺がどんな悪いことをしたのか話してもくれないのに、怒るなんておかしいだろ！」

彼はうめき声を上げて、顔を手で覆ったまま首を振る。

「話にならないな」向かいのソファにどかっと腰を下ろす。「俺にどうしろって言うんだ」

「大声を出さないでよ」彼が両手のあいだからつぶやく。

「大声なんて出してない！」

「ほら、また怒鳴る」

ふたりとも黙ったまましばらくすわっていた。そのとき、大きな雷がとどろき、俺は飛び上がる。チャーリーがそれに気づいて、顔を上げる。

「別れたいなら、別れてもいいよ」彼が言う。

意味をのみ込むまで数秒かかった。

「は？」俺はソファから立ち上がる。まじで腹が立ってきた。チャーリーはなんの話をしているんだ。どこからどうなったらそんな話になるんだ。「いったいなんの話だ？」

「もし君が……新しい生活を一からはじめたいとか……遠距離はキツいとか思ってるなら……」目の焦点が定まらず、ろれつが回っていない。窓の外で稲妻が光り、部屋を明るく照らす。いったいチャーリーは何を言いたいんだろう。

「そうしたいってこと？」俺は鼻で笑う。まさか、そんなはずはない。「別れたいと思ってるってことなのか？」

「僕はただ……君に幸せになってもらいたくて……」

「なんだよ、それ！」自分が大声になるのがわかる。

「エルとタオが別れるんだって」

「それで、俺たちも別れなくちゃならないってか？　ふたりの関係をがんばって続けようとは思わないのか」冷静に話し合いたい気持ちもあるけれど、心の中には自分でも理解しがたいほどの怒りがうずまいている。もううんざりだ。この不毛なやりとりにも、大学に対するチャーリーの言いがかりにも、彼との残り時間があと少しだと思い知らされることにも。

「ほかにもっと言いたいことがあるんじゃないのか、チャーリー。別れたいのなら、はっきりそう言ってくれ」

いや、頼むからそんなこと言わないでくれ。なんだかこっちまで吐きそうになってきた。

チャーリーは俺のとなりの空間を放心したように見つめ、ただ首を振っている。

「さっきからの態度はそういうことなのか。俺と別れたいけど言いだす勇気がなくて、それでこっちから別れるように仕向けようってことか」

チャーリーはまた泣きはじめる。頭を激しく振り、ひざを上下に揺らして。だけど何も言わない。否定もしない。

「なら、好きにすればいい」そう言ったとき、自分が泣いていることに気づく。嘘だろ。泣くなんていつ以来だろう。

チャーリーが顔を上げて、俺に向かって声を張り上げる。「違う！　置いていかれるのは僕のほうだよ！」窓の外を指さして、かすれた声で言う。「君は大学に行ってたくさんの新しい人と出会うんだ。取り残されるのは僕のほうなんだ。これまで話してきたよね。大丈夫、すべてがうまくいく、ビデオ通話だってできるし、とかなんとか。だけど、大丈夫なわけないだろ？」彼は手を振り上げて、部屋のあちこちに目を走らせる。「大丈夫なわけない。僕にとっては最悪だ。この退屈な町にひとり取り残されて。それなのに君ときたら、大学に行くのがこの世でいちばん素晴らしいことみたいに浮かれてる。ねえ、わかるかい？　それを聞いて僕がどれだけひどい気分になるか。僕のいない生活を楽しみにしてるんじゃないか、この町やこの僕から解放されるのが待ちきれないんじゃないか、そう感じるんだ」

「いったいなんの話だ!?」俺も大声を返し、髪をかきむしる。「どうしてほしいんだ。大学へ行ってほしくないのか」

「違う！」

「そう聞こえるけど」

「そんなつもりは――」

「そんなことで俺に腹を立てるのは筋ちがいだ。俺は君よりひとつ年上で、九月になれば大学に行く。それってどうしようもないことじゃないか」

チャーリーは涙をためた目を大きく見開き、そっと伏せる。「どうして君はそんなふうなの」

「いったいどんなふうだっていうんだ、相棒」

チャーリーはまた顔を上げて涙をふき、目をすっと細める。「相棒だなんて。そんなふうに呼んだことは一度もないくせに」

頭を振って、怒りのため息をつく。「今夜の君は、正真正銘の大バカ野郎だ」

「じゃあ、行けばいいだろう！」雨が激しさを増している。雨音で彼の声はほとんど聞こえない。「帰れよ！」

「わかった。そうする」

これ以上話しても無駄だ。俺は部屋を出ていく。

廊下に出ると、タオ・シュウがいた。今の話をぜんぶ聞いていたんだろう。くそっ、そもそもはタオとエルのせいだ。もしふたりが別れなければ、チャーリーがあんなふうになることはなかったたし、あんなことを考えることもなかったはず……。

「チャーリーは……君は大丈夫？」タオが口ごもりながら言う。

「大丈夫に見えるか」通り過ぎざまに言葉を投げつける。「おまえのせいだから な」タオは首をすくめる。ほかにもっと言ってやりたいけど、頭の中がまっ白で何も考えられない。いったいどういうことだ。何が起こったんだ。きのうまでは何もかもがうまくいっていたのに。これで終わりのはずがない。そんなことありえない。

リビングで楽しげに談笑する人たちにぶつかりながら玄関に向かい、家を出て、雨の中を車まで歩く。着くころには、ずぶ濡れになり震えている。エンジンをかけたまま二十分車の中にすわっている。まだ雷が遠くで聞こえる中、車を走らせるのが怖いからかもしれないし、チャーリーが家から駆けてきて車のドアを開け、ぜんぶ酒のせいだったと言うのを待っているからかもしれない。だけどチャーリーは来ない。だから、俺はただすわっている。

3

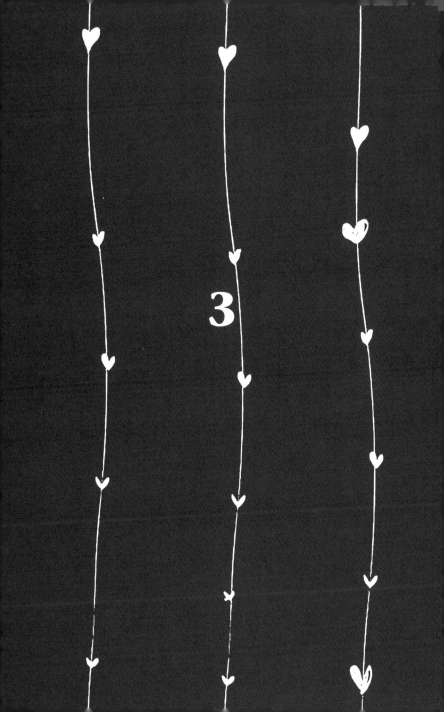

チャーリー

太陽がまぶしくて目を覚ます。ゆうべカーテンを閉めるのを忘れたからだ。それだけじゃない。ゆうべはいろんなことをしそこねた。たとえば、まともな人間でいることとか。

携帯を手さぐりすると、尻ポケットに入っていることに気づく。服も着たままだ。時間は十時十五分。メールも、フェイスブックのメッセージもない。このままベッドから出たくない。着替えたくもない。

何もしたくない。

きのうの夜は……

いったい僕は何を考えていたんだろう。

エルとタオのことを聞いて、僕はパニックになった。あれだけいろいろあってようやく結ばれたふたりが、そんなにあっさり別れちゃうなんて。

二年もつき合ってきたのに。あのふたりは……あのふたりは愛し合ってなかったんだろうか。

いや、考えていたのはそのことじゃない。

たぶん、疑問に感じはじめたんだと思う。ニックは僕といて、退屈なんじゃないかって。

僕たちはわくわくするようなデートはあまりしない。たいていどちらかの家でとくに何をするでもなく過ごすだけだ。

そもそも僕は退屈な人間だし。

だから、ニックが別れたいと思っていないか、確かめたかったのかもしれない。

だけど言いだせなかった。ちゃんとした形では。

バカだ。

僕はバカだ。

どうしようもない大バカだ。

疑問なんて持たなきゃよかった。こんなことになるなら、ニックの気持ちを確かめようなんて思わずに、やり過ごしていればよかった。おかげでもっとわからなくなった。ニックは今、どう考えているのだろう。ただ腹を立てているだけか、それともほんとうに別れたいと思っているのか。

確かめるためにメッセージを送ることを考えただけで、具合が悪くなってくる。

これまでにもけんかをしたことはあるけど、ひと晩寝たら忘れるほどたわいのないものばかりだった。こんな気分で目覚めたのはいつ以来だろう。二日酔いで、吐き気がして、泣きたい気分。もうずいぶん前に克服したと思っていた、心が空っぽになるあの感じ。ベッドから一生起き上がりたくないと感じるあの感覚が戻ってきている。

十一年生のとき、僕が退院して数週間たったころ、夕食の席でニックが何気なく言った言葉に僕はかちんときた。たしか、もっとがんばらなきゃだめだとかそんなことだったと思う。僕がキレて彼に突っかかったことからひどい言い合いになり、とうとう彼は出て行った。そのときでさえ、彼はしばらくすると戻ってきて、すべては丸く収まった。

日差しを避けて寝返りを打ち、ベッドカバーを頭からすっぽりかぶる。それでも部屋は明るすぎるし、外でさえずる鳥の声はうるさすぎる。だから眠るのはあきらめて、ベッドの中でただ横になっている。時間を戻せたらいいのに。そうしたら木曜日に戻って、一日が終わるたびにまた木曜日をやり直すのに。そうすれば、残りの人生を毎日ずっとニックといられるのに。

あー、僕は何を考えているんだろう。ほんと情けない。すごく惨めだ。

★

「おはよう」

僕がリビングのソファに身体を沈めると、先にすわっていたトリがとなりから声をかけてくる。パジャマとガウンを着て、ケトルチップスの大袋をひざに置いて、『ブライズメイズ／史上最悪のウェディングプラン』を観ている。

「おはよう。どうして朝の十一時に映画なんて観てるの」

「いいじゃない」

「ケトルチップスは?」

「試験休み初日のごほうびよ」

「二日目だよ」

「じゃあ、二日目のごほうび」

僕は笑って、しばらく一緒に映画を観る。たいしておもしろいと思わないけど、トリはこの映画に妙にハマっている。主人公が超皮肉屋なところが自分に似ているからかもしれない。

「で、大丈夫なの?」トリが僕に顔を向ける。「朝食は食べた?」

「ちょっと気持ち悪くてさ。それにもうすぐお昼だし」

「そう」それ以上のコメントはなし。ふだんは、僕が食べたくないときにまっ先に食べさせようとするんだけど。「ゆうべニックはどうしたの? ベッキーが車で来ててよかったわよ。それと、どうしてサンルームで酔って泣いてたの」

僕はうーんとうなって、ソファの背もたれに頭を預ける。「話さなきゃだめかな」

トリは肩をすくめて画面に目を戻す。「べつに。あんたが話したいかなと思っ

て」

　僕たちはしばらく黙ったままでいる。

　それで、僕は話すことにする。

　きのう起こったことをぜんぶ。といっても、話すことはそれほどない。ニックが大学の話ばかりすること、そのことですごく不安になったこと、エルとタオの話を聞いたこと、それで怖くなったこと、言ってはいけないことを言ってしまったこと、ニックがキレたこと――いつものように、ぜんぶ僕のせいだってこと。

「そうだったんだ」僕が話し終えると、トリは僕のことをじっと見る。ゆうべのアイラインがまだ目の下でにじんでいる。トリは映画を一時停止させる。「相当深刻みたいね」

「うん、かなり」

「ニックが別れたがってるとは思ってないでしょ？」

「うーん、どうかな。そうかもしれない。だって、別れたくないとは言わなかったもん。ただ……すごく怒ってた」そこまで言うと、突然涙が込み上げてきた。片手で顔を覆って話そうとすると、声がうわずって震える。「最悪の気分だよ」

「チャーリー」トリはチップスを横に置いて僕を抱きしめ、背中をなでてくれる。「大丈夫よ」

トリのガウンを涙でびしょびしょにしないよう注意しながら、頭を振る。「大丈夫じゃないよ……マジで大丈夫じゃない」

しばらく肩で泣かせてくれたあと、トリが口を開く。

「ニックと話をしなくちゃね」

「何を話していいかわからない」僕は小さくつぶやく。

「なんでもいいから話すの」

「ニックは僕を嫌ってる」

「それはない」

「でも、怒ってる」

「一時的にね」

「だけど、何を話せばいいかわからないよ」

「内容なんてどうでもいい、とにかく話をしなくちゃ」

ニック

土曜日は〝無〟の一日だ。十時ごろに目が覚める。ヘンリーとネリーを散歩に連れていく。朝食を食べる。昼寝をする。リビングでヘンリーと遊ぶ。テレビゲームを五時間する。また食べる。また寝る。ユーチューブを四時間観る。使い捨てカメラがないことに気づく。一時間さがす。泣きながら眠りにつく。

日曜日の朝はベッドにいる。この〝無〟の状態が、ショックからくるものだと気づきはじめる。チャーリーが別れるという言葉を口にしたことに、ショックを受けている。ショックがパニックに変わりつつあることにも気づきはじめる。俺はパニックに襲われている。やっぱり遠距離は無理なんじゃないだろうか。むずかしすぎるんじゃないだろうか。チャーリーが今これほど動揺しているってことは、俺がいなくなればもっとひどくなるにきまっている。だからといって、ずっとここにいるわけにはいかない。いったいどうすればいいんだ。俺にできることは何もない。何ひとつ。もうお手上げだ。チャーリーはつらい状況になる前に別れたいんだ。どっちにしても、いずれ別れることになるかもしれない。今別れたほうが、お互いに傷つかなくてすむのかもしれない。

ああ、もうわからない。自分が何を考えているのかもわからない。

チャーリーにメッセージを送ろうとするが、何を書けばいいかわからない。自分の気持ちをちゃんと理解するまで、何も伝えられない。

俺はまた泣きはじめる。

日曜日の午後、母さんにどうしたのか尋ねられて、チャーリーとけんかしたことを話す。

「あら、でも仲直りするんでしょ」母さんはそう言って、俺が口を開く前にキッチンから出ていってしまう。心の中でつぶやく。そうとは限らない。もうこれで終わりかもしれない。

チャーリー

水曜日、僕はまだ何もしていないし、ニックからも何も言ってこない。こっちからアクションを起こさなければ、ニックのほうからメールとか電話とか、何らかの手段で連絡がくると思っていた。だけどなしのつぶてだ。

ニックはどう考えているんだろう。正直言って、まったくわからない。本気で別れたがっているのかも。でなければ、あんなにキレると思えない。あそこまで僕に腹を立てたことはこれまでにない。ああ、だけど、別れたいんだとしても責められない。僕は情けない人間だ。

勉強をして気を紛らわせようとするけど、その作戦はあまりうまくいかない。ラテン語の試験を明日に控えて、準備は整っている。単語もぜんぶ覚えた。どんなことがあっても試験ではベストを尽くすつもりだ。でも、いくら準備万端でも満足した気分にはなれない。携帯をチェックする。もう六千億回目だ。もちろん何もない。何ひとつ。

こっちからメッセージを送るべきだというのはわかっている。だけど別れたいのかと尋ねて、答えがイエスだったらいったいどうすればいいんだろう。ニックのいない人生に何の意味があるんだろう。

クサいけど、正直な気持ちだ。

話がしたければ、ニックは連絡してくるだろう。連絡がないというのは、そういうことなんだろう。

もうおしまいってことだ。

ニック

パーティーから九日目。今日は日曜日。金曜日の心理学の試験はさんざんだったけど、べつにけんかのせいじゃない。心理学のAレベル試験が超むずかしいってことは誰でも知っている。

次の試験はまだしばらく先だから、この週末は何もしない。犬の散歩も母さんに頼んで、カーテンを閉じて部屋にこもり、ひたすらゲームをしたりテレビを観たりしてだらだら過ごす。

母さんが一時ごろ部屋にやってきて、昼食はどうするのと言いかけて口をつぐむ。俺が脂っぽい髪で、羽根布団にブリトーみたいにくるまって、テレビの不動産鑑定バラエティーを観ているのに気づいたからだ。

母さんがベッドにすわる。「大丈夫、ニッキー？」

「うーん」

「チャーリーはどうしてるの？　しばらく見かけないけど」

ゆっくりまばたきをして、母さんを見る。

「けんかしたんだ」

「あれからもうずいぶんたつんじゃないの？」

「九日目」

「まだ仲直りしてないの？」

「うん」

「ねえ、ニック」母さんは俺の脚をやさしくたたく。実際にはそこは脚じゃなくて布団だったけど。「連絡はしてみたの？」

「チャーリーは別れたがってる」

「ほんとうに？　そんなはずはないと思うけど」

「ほんとだよ」

母さんは大きく息を吐く。「ああニック、かわいそうに」差しだされた両腕に、俺はブリトー状態で布団にくるまったまますっぽり収まる。「大丈夫よ、ニック。きっとうまくいくわ」

また泣きそうになるのを、必死でこらえる。

「ねえ、ピザを取らない？　今夜は特別よ」

俺はうなずく。「いいね」

「愛してるわ、ベイビー。大丈夫だからね」

「愛してるよ、母さん」

だけど、大丈夫だとは思えない。今もこの先も。大丈夫になることは永遠にないように思える。

4

チャーリー

けんかから二週間後の金曜日、今日は最後から二番目の試験、音楽だ。この一週間は、試験のこと以外は何も考えないようにしていた。だけど考えずにはいられない。これまでニックとは、二日として離れたことがなかったのに、もう二週間も会っていないなんて。ああ。

そろそろ立ち直る努力をしたほうがいいんだろうか。だけどどうやって立ち直ればいいんだろう。ニックは僕がこれまで出会った中でいちばん素晴らしくて、いちばん大切な人なのに。

ああ。

夜は、仲間たちとシンプリー・イタリアンで試験の打ち上げをする。とは言っても、僕の試験は来週木曜日まで残っているんだけど。僕は楽しんでいるふりをして、みんなのジョークに笑ったり、試験が最悪だったなんて話をしたりする。だけど、ほんとうは笑う気になんてなれない。家に帰って、ベッドでひとりぼうっとしていたい。

左どなりの席にタオがいる。ほかのみんなと冗談を言ったり笑ったりしているけれど、僕にはわかる。タオはエルとのことで悲しい気持ちを隠すために、わざと明るく振る舞っているんだ。ふたりはどうやって別れを決めたんだろう。冷静に話し合ったんだろうか。それとも僕とニックみたいにひどいけんかをしたんだろうか。だけど、そんな話を持ちだして、タオにこれ以上つらい思いをさせたくない。

僕の右どなりにはアレッドがいる。いつものようにずっとおとなしくしていたけど、みんなが支払いのために自分の食べた分を申告しはじめると「チャーリー」と声をかけてきた。顔を上げると、心配そうな顔でこちらを見ている。

「ニックとはもう話したのかい」

僕たちがけんかしたことは、みんなに知れわたっている。

「ううん」ぼくは感情を封印して答える。

「それって……もう終わりってこと？」ほとんどささやくような声だ。「つまり、その……別れたってこと？」

「うん」考えてみれば、口に出して言うのは初めてだ。これまでは試験を口実にちゃんと向き合ってこなかったけど、もうこれ以上はごまかせない。答えは出ている。僕たちは別れたんだ。「そうだね……そうだと思う」

アレッドはしばらくじっと僕を見つめる。「なんて言ったらいいか……」

「君のせいじゃないよ」

「そうだけど、どうして――」アレッドは頭を振る。「君たちは〝ニックとチャーリー〟なのに」

思わず笑う。「どういう意味？」

「それは……」アレッドも遠慮がちに笑う。「君たちは……なんというか、もしソウルメイトがどういうものかって尋ねられたら、誰もが君たちの名前をあげるだろうってことさ」

僕は鼻で笑う。「ソウルメイトなんてものは存在しない」

「かもしれない。だけど君たちふたりはその存在を証明する、かなり説得力のある証拠になると思う」

「もしそうなら、ニックは僕と別れなかったはずだ」

「ねえ、別れたってほんとうなの？」

僕はアレッドをまじまじと見る。こんなに強い口調はめずらしい。どう答えればいいんだろう。

「はっきり〝別れたい〟って言われたのかい？」

僕は眉をひそめる。「はっきりと言われたわけじゃない。だけど、別れたくないとも言われなかった」

「言うはずないさ」

「どういうこと？」

「もし君が別れを切りだそうとしていると思ったら、ニックは何も言わずに受け入れるよ。君がもう自分を愛していないと思ったのなら、君を困らせるようなことはせずに、黙って失恋を受け入れるにきまってる」

「そんなのばかみたいだ」

アレッドは笑う。「そうだよ。ふたりともどうしようもない大バカだ。つまり、究極のカップルってことだよ」

「それはどうも」

いくら払うかわかるかと誰かに尋ねられて、会話はそこで終わった。アレッドの言ったことがほんとうならいいのに。ニックが僕と別れたいと思っていなければ……。

確かめるときがきたようだ。

家に帰るとすぐに、キッチンカウンターにいるトリのとなりにすわる。ダイエット・レモネードの大きなコップを抱えて、ノートパソコンに向かっていたトリが、顔を上げてこちらを見る。

「過去二週間とくらべて、二百パーセント以上は元気そうね」

「ニックと話をしなくちゃ。今すぐ」

トリは勢いよく両手を上げる。「ジーザス・クライスト！　天の啓示ついに下れりってわけね」

僕はスツールを一回転させる。「だけどマジでやりたくない」

「はいはい。イヤイヤ期はとっくに過ぎたでしょ。もう十三年生なんだから」

「九月になるまでは、十二年生だよ」

「わたしは前の学年が終わったら、その日から新しい学年ってことにしてる」

「僕は違う」

トリはレモネードをぐいと飲みほして、さっとドアを指さす。「ぐずぐず言ってないで、さっさと行って話してきなさい！」

「わかったよ、行けばいいんだろう」

カウンターから立ち上がって玄関に向かおうとしたとき、トリが声をかける。

「そういえば、ソファのクッションのあいだにこんなものがあったわよ」カウンターから何かを取り上げて僕に見せる。「あんたの？」

使い捨てカメラだ。僕はあわててトリの手からひったくる。「いや、ニックのだ」

「さがしてるんじゃない？」

「うん」部屋を出ながら確かめると、カメラの裏の小さい枠の中の数字は〝0〟になっている。いつの間にそんなにたくさん撮ったんだろう。カメラを置き忘れたのは二週間前、パーティーに行く準備をしていたあのときだ。あのときニックは写真を撮っていなかった。ということは、最後に撮ったのはその前の日だ。

よし、ようやくやるべきことがはっきりした。

★

土曜日の朝、カフェでのシフトが終わるとすぐに、カメラを現像してもらいにドラッグストアに急ぎ足で向かう。

何が写っているかはわからないけど、ニックに送れるものが何かしらあるはずだ。そんなことをしてなんの役に立つかはわからない。だけど、一枚の写真は千の言葉を語る。ロマンティックで歯の浮くようなことを雄弁に語ってくれるはずだ。いいだろう、上等だ。

ドラッグストアで現像を頼むと、写真ができるまで一時間かかると言われ、傘をさしてぶらぶら町を歩く。売店でニックの好きなオレオ・デイリーミルクバーを買う。それからベンチにすわり、肩で傘を支えながら携帯を取りだす。

メッセージが届いている。タオからだ。

急いで開けてみる。

タオ・シュウ
（15:34）なあ、チャーリー、この二週間、エルとニックのことで俺たちふたりともかなりつらかったよな。だから、まっ先に伝えたくて。聞いてくれ、俺とエルは別れるのをやめた。ふたりでもう一度きちんと話し合って、遠距離になるのはマジで怖いけど、別れるのは間違いだという結論に達した。お互いのことをまだ大好きだって確認したんだ笑。だから、距離に負けないようにがんばろうって決めた!!

心臓がドキドキして胸から飛びだしそうだ。タオとエルは間違いに気づいた。別れるのをやめたんだ。

何度も読み返してから、返信する。

チャーリー・スプリング
(15:52) よかった！　すごくうれしいよ。君たちふたりはぜったいに一緒にいるのがいい。

タオ・シュウ
(15:54) それでさ、もし俺たちのことで君とニックが気まずいことになったんだとしたら、ほんと申し訳なくて。ふたりがすぐ元通りになることを心から願ってる。それから、こんなこと言っても気休めにならないかもしれないけど、あの日パーティーから帰るニックをちらっと見たんだ。彼、マジでパニクってたよ。だから、別れたがってるなんてことはぜったいにないと思う。

チャーリー・スプリング
(15:58) 君たちのせいなんてことは断じてない。何か動きがあればまた連絡するよ。僕だって別れたいわけじゃないんだ笑。

言葉にすることで、気持ちが少し楽になった。
そう、僕はニックと別れたくない。

そのあと、ドラッグストアに戻って写真を受け取る。
家に帰るバスに乗ってから、一枚ずつ見ていく。

一枚目は、学校の最終日、ニックが段ボールの要塞で僕を見つけたときに撮った写真だ。僕は目を見開いて、口をぽかんと開けて、びっくりした顔をしている。でもひどい写真じゃない。すごく自然でいい感じだ。

二枚目は、ハリーが撮った僕たちの写真。知らないうちに撮られたものだけど、想像していたよりもずっと悪くない。僕たちは芝生の上で軽く手を触れ合わせ、会話の途中でひと息ついたみたいにお互いを見つめている。足元の芝生と木々の緑が太陽にきらめいて、ちょっとアートっぽく見える。ハリーが自慢しそうな一枚だ。

三枚目は、僕がニックを撮ったもの。ひどい写真で、思わず声を出して笑ってしまう。ニックはまばたきの途中で白目になっている。彼が見たら即ゴミ箱行きだろう。

四枚目は、自撮りで撮った一枚。ふたりで頭をくっつけて、ニックが僕の肩を抱いている。ふたりとも笑顔で、太陽の反射が光の粒になってニックの胸元にこぼれている。その一枚をしばらくじっと見つめる。あの木曜日はほんとうに素敵な日だった。そのあとの二週間も、あの日と同じくらい素敵だったらよかったのに。

さらに学校での写真が続く。ニックが同級生たちと一緒に撮った写真が数枚。校舎だけの写真も二枚ある。きっと覚えておきたくて撮ったんだろう。

それから、ニックの車にいる僕の写真が一枚。シートに両足を載せ、サングラスをかけて携帯をいじっている。素敵な写真だ。自分のこういう写真はあまり見たことがない。たいていは自撮りか、友達と一緒にポーズをとっている写真だから。

バスがガクンと揺れて、写真がひざからシートにこぼれる。あわてて手で押さえようとしたけれど、結局ぜんぶ床に落ちて、トランプみたいに散らばった。その中の一枚が僕の目をとらえる。

ニックのベッドで眠っている僕。薄いカーテン越しに、街灯の明かりが柔らかなオレンジ色の光を投げかけている。顔の横で手を軽く握り、くしゃくしゃの髪が枕の上に広がっている。いつ撮られたんだろう。ニックより先に寝てしまったときだろうけど、まったく知らなかった。

こういう写真はあんまり撮らないものだけど、ニックが撮ろうとした気持ちはなんとなくわかる。もしニックが僕のベッドでこんなふうに寝ていたら、僕だって撮りたくなるだろう。キモいと思われるかもしれないけど、知ったことじゃない。

拾い集めた写真をさらに見ていくと、残りの写真もみんなそんな感じだ。どの写真も淡い紫や青やオレンジがかった落ち着いたトーンで、少しぼやけた感じがアート・スクールの展覧会でよく見かけるポラロイド写真みたいだ。

ニックのベッドで彼のひざまくらで大の字になっている僕。リビングの床に寝そべってボーダーコリーのネリーをハグしている僕。パグのヘンリーをおんぶしようとしている僕。ニックの家の裏手の原っぱで、犬たちと散歩するうしろ姿の僕。丘の上に立って両手を前に上げている僕――このときのことは覚えている。写真を撮られるのに気づいて、やめてよという顔をする僕のバックには、夕日に照らされた地平線と原っぱと川が写っている。それから、ふたりで撮った自撮り写真。僕がヘンリーを抱き上げて、三人（？）で撮ったのや、ふたりでヘン顔をしたのもある。それから、散歩から戻ってきたときの僕。ニックがあんまりカメラを近づけるから、笑った顔のアップがピンボケで写っている。日が落ちて青く染まったリビングのソファで丸くなった僕。テレビの明かりが毛先を照らしている。Ｔシャツとボク

サーショーツだけでニックのベッドであぐらをかいた僕が、カメラを指さして笑っている。そして、僕が眠っているあの写真。

僕だけの写真がこんなにたくさんある。

いろんな僕がいる。

ニックが僕の写真をこれほど撮っていたなんて。

彼はそれほどクリエイティブなタイプじゃないし、写真とかアートとかに興味を持ったこともない。

きっと、覚えていたくて撮ったんだろう。なんてことない僕たちの日常を。お互いの家でのんびり過ごし、一緒に散歩したり、食べたり、眠ったりする日々を。はたから見たら退屈でも、僕たちにとってはかけがえのない素晴らしい日々を。ほんとにそうだ。僕たちが一緒にいる日常を見ているだけで涙が出てくる。

僕はこれが好きだ。ここにいる僕たちが好きだ。ここにある風変わりで退屈な日常が大好きだ。

ポケットから携帯を出して、ふたりがヘン顔をしている写真を撮る。そして、ニックに送信する。

ニック

仲間のサイがふらりとやってきた。秋にはケンブリッジ大学に行くほどの秀才だから、俺が心穏やかな状態から七十マイルは離れたところにいることを察して、問題解決に手を貸そうと来てくれたんだろう。だけど、今のところそれらしいことは何も言わず、俺たちはブタの形をしたグミを食べながら、マリオカートをやっている。

ゲームをしながら、Aレベル試験勉強のことや夏休みのこと、ハリーのパーティーがクソだったことなんかについて三十分ほどしゃべったあと、サイはようやく切りだした。「それで、いったい何があったんだ」コントローラーを置いて、ソファの上で俺に向きなおり、腕組みをする。「正直、けんかの種なんてないように思えるけど」

俺はため息をついて、ゲームを一時停止させる。「チャーリーが別れたいんだってさ」

「冗談だろ。なんでそうなるんだよ」

「こっちが知りたい」

「それって確かなのか」

「正直、よくわからない。チャーリーのやつ、かなり酔っぱらってて、とにかく別れるの一点張りで。それで俺はいいかげんにしろと言って、彼を置いて帰った」

サイが眼鏡を直し、髪をかき上げる。「チャーリーとちゃんと話をする必要がありそうだな」

「何を話せばいいかわからない」コントローラーを下ろしてサイを見る。「助けてくれよ」

「どうして僕が恋愛セラピストにならなきゃいけない。誰ともつき合ったことがないのに」

「君は頭がいい。大学の専攻は文学だし」

「文学なんて現実の世界ではなんの役にも立たないよ、ニック。まじめな話、チョーサーもジョン・ダンもこういうときには助けにはならない」

思わず笑う。「誰だよ、それ」

「そうだと思った」

俺はソファの背にもたれかかる。「たぶんチャーリーは……関係を終わらせるいいタイミングだと思ったんじゃないかな。ほら、十代の恋愛は長続きしないっていうだろ。むしろ、ここまで続いたことが不思議なくらいだ。それに……わからないけど、この関係が退屈に思えてきたのかも。たいしておもしろいことをするわけじゃない、ごくふつうの十代のカップルだし」

「ごくふつうのカップル？」サイは勢い込んで言う。「自分たちのことを客観的に見たことがあるのか。毎日毎日顔をつき合わせて、それでも相手を殺したいと思わないなんて、ふつうじゃありえない。お泊まりだってしょっちゅうしてる、しかも平日の夜に！　目と目を合わせるだけで相手が何を考えているかがわかる。だろ？君たちとボードゲームをしていれば、それくらいはわかる」サイは頭を振る。「ごくふつうの十代のカップルは、せいぜい校門を出たら手をつなぐとか、土曜日の午後に映画を観てファミレスで食事するとか、そのくらいだぞ」

俺はサイをじっと見る。

「別れたいなら」サイが指を突きつけてくる。「さっさと別れちまえ。退屈だから終わりにしたいなら、勝手にしろ。でもな、週末のたびにきらきらしたデートをしていないことが退屈だってことにはならないし、それで別れるなんてぜったいに間違ってる」

サイは太ももをぴしゃっとたたいて、ソファにふんぞり返る。

「うるさい」俺は言う。

数時間後、携帯を手に取ると、メッセージが届いている。

画面には名前が表示されている。〈チャーリー・スプリング〉

5

チャーリー

二時間後、別の写真を送る。僕が携帯で撮った、ふたりがキスしている写真だ。

その二時間後、三枚目の写真を送る。学校の最終日にふたりで自撮りした写真だ。

次の日の朝には、僕のタンブラーで見つけた昔の自撮り写真。

その三十分後には、つき合いはじめた最初のころに撮った自撮り写真。

そうやって、月曜日まで次々と写真を送り続け、最後には、携帯に保存している自撮り写真を一枚残らず送りきる。

日曜日の午後には、送ったすべてに小さな〈既読〉の文字が表示される。それからあとは既読がつかない。

ニックからは何も言ってこない。返信もない。

月曜日、試験から帰ってきたトリをつかまえて、そのことをぜんぶ話す。「返信がないんだ」自分でも恥ずかしくなるほど、声が震えている。「それって、どういう意味だと思う？」

トリは靴も脱がずドアのところに立っている。

「写真はそこにあるの？」

「部屋にあるけど」

「取ってきて」

「なんで？」

「ニックの家のポストに入れに行くのよ」

「どうして」

「メールは役に立たないから」トリは肩をすくめる。「大事なのは行動よ」

僕は笑う。「いったい何者だよ」

「生まれ変わった女よ。ロマンスのためには、持ち前の無気力を捨て去ることさえいとわない女」目をぱちぱちさせて胸に手を当てる。「やば、言うだけで胸やけしてきちゃった」

トリの友達のベッキーが車を出してくれる。彼女は運転席からバックミラーで僕のことをちらちら見てくる。ベッキーが僕のことをどう思っているのかはわからない。だけど、この際そんなことはどうだっていい。

ニックの家までは車で一分もかからない。それでも車で行く必要があるとトリは言う。現場を素早く立ち去ることが、〝行動〟を成功させる鍵なんだそうだ。後部座席で写真をもう一度ぱらぱらめくる。ぜんぶポストに入れようか。それとも何枚か選ぶか、一枚だけにするか。

僕は心を決めて、ポケットからペンを取りだす。

ニック

月曜日の午後の試験を終えて家に帰り、玄関にカバンを放りだしてリビングのソファに身体を沈める。今日の試験はそれほど悪くなかった。あと二教科。それが終われば夏休みだ。

夏休み。いったい何をして過ごせばいいんだろう。

今となっては、試験が終わってほしくない気分だ。

チャーリーから何も書かれていないメールが最初に送られてきたのは土曜日、サイが来ていたときだ。どういう意味なのかさっぱりわからない。俺の携帯はかなり古いうえに、二か月ほど前に階段から落としたせいで、調子が悪い。きのうの午後に電源を切ったきり、一度も見ていない。画面にチャーリーの名前が現われるたびに、胃が飛びだしそうになるから。

「ニック、帰ったの？」母さんがキッチンから声をかける。

「うん、ただいま」

「ポストに何か届いてたわよ」

うーんとうめいてソファから立ち上がる。キッチンに向かいテーブルに近づくと、そこには〝ニックへ〟と書かれた茶色の封筒があった。住所は書かれていない。

チャーリーの字だ。

週末よりもずっと激しく胃が飛びだしそうになる。

「マジか」

「どうしたの」母さんは紅茶のマグカップをふたつ持ってきて椅子にすわり、期待を込めた目で僕を見る。

「チャーリーからだ」

母さんの目が大きく見開かれる。しばらくのあいだ、ふたりで封筒を見つめる。

「早く開けてみて」

言われたとおりにする。

中には写真が一枚入っている。使い捨てカメラを現像したみたいな写真で、俺が撮ったものだとすぐにわかる。これを撮りたいと思った瞬間のこともはっきり覚えている。夜中に水を取りにいって部屋に戻ったとき、俺のベッドで眠るチャーリーの肌を、オレンジ色の街灯の光がやさしく照らしていた。そのとき思った。俺が死ぬ前に最後に見たいのはこの光景だって。

写真を裏返すと、そこにはチャーリーの字でメッセージが書かれている。


ずいぶんたくさん僕の写真を撮ったんだね。いくら僕に夢中でも、これはかなりハズいよ。もし話がしたいなら、明日の火曜日、午後三時にトゥルハム小学校のサマー・フェスタで待ってる……うわ、なんか恋愛ドラマみたいww。クサくなっちゃってごめん。とにかく愛してる。じゃあね。 xxxx

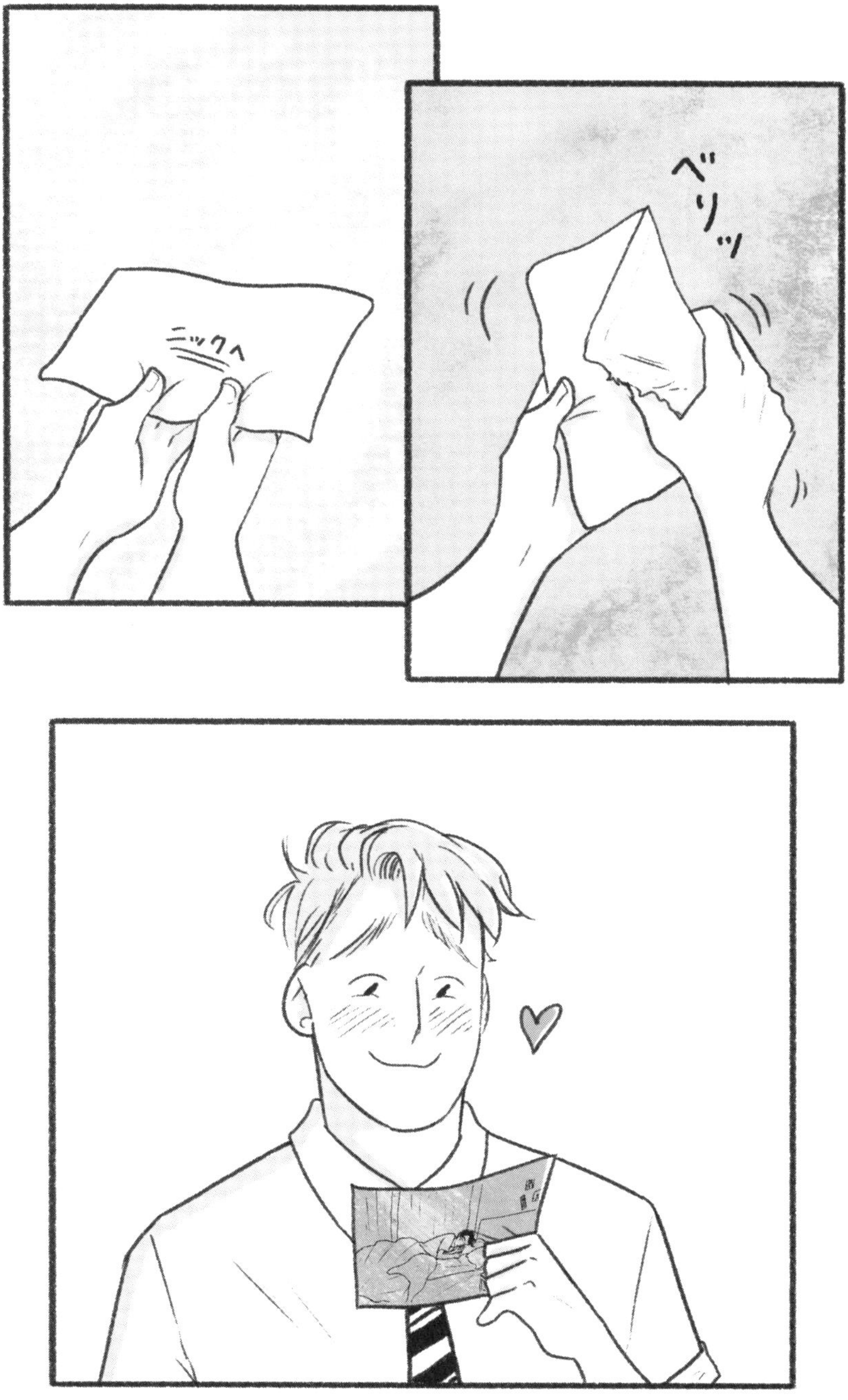
ニックへ
ベリッ

チャーリー

こんなに緊張しているのは、生徒会長選挙で全校生徒の前でスピーチをしたとき以来だ。

もしニックが写真を見ていなかったら？　封筒がドアマットの下に滑り込んでいたら？　ニックのお母さんが間違って捨ててしまっていたら？　ニックが写真を見てすぐビリビリに破って、裏のメッセージに気づいていなかったら？

メッセージを読んで、それでも来なかったら？

トゥルハム小学校のサマー・フェスタは、毎年校庭で行われる。僕はトリと父さんと二時ごろ到着した。会場では四年生の弟のオリバーと一緒に行動する。オリバーは父さんからお金をもらって、くじ引きや、お城の形のバルーン遊具や、ココナッツ落として遊び、それから、運動場のまん中に置かれたテーブルサッカーでトリと勝負をする。僕はその横で何度も携帯をチェックしたり、あたりを見まわして彼氏——元カレ?——をさがしたりする。いや、違う。まだ〝元〟じゃない。

まだあきらめてはいない。

三時十五分前になると、運動場の入口のすぐ横にあるテニスコートに移動して、そこで待つことにする。あの日のトゥルハムのテニスコートを思い出す。あのとき感じたわけのわからないもやもやした気持ち、あれがすべてのはじまりだった。

チャーリー・スプリング
(14:54) テニスコートにいるよ! もし来てくれてるなら。

ニックから返信はない。既読もつかない。汗がじんわりにじんでくる。これが答えってこと？　もうあきらめるしかないってこと？　あきらめるなんてできるんだろうか。

ここで彼に何を言うつもりだったのか。別れないでと泣きつくつもりだったのか。

来てくれたとしても、別れたいと言われたらどうするつもりだったのか。

大きく息をつく。

終わりなんだ。

顔を上げると、テニスコートのゲートをくぐって、ニックがやってくるのが見える。

二週間以上会っていないから、顔を見ただけで駆け寄ってキスをして、少なくとも二十分は抱きしめていたくなる。僕はこぶしを握りしめ、そこから一歩も動かずに、近づいてくるニックを待ちうける。ああ、ニック。彼のすべてが完璧だ。

「やあ」ニックが立ちどまり、すぐ目の前のテニスコートのフェンスにもたれかかると、僕は声をかける。ほかに何か言いたいけど、「素敵だ」とか「愛してる」なんて言葉しか思い浮かばない。

「やあ」ニックが緊張した笑顔で言う。

一瞬、沈黙が流れる。

「写真、受けとったよ」彼は言って、すぐに首を振る。「まあ、だからここにいるんだけど」

僕は小さく笑う。「あんな恥ずかしいまねをしたのは、生まれて初めてだ」

「俺のことをかなりハズいなんて言ってたくせに」

「だけど、あの写真は相当ハズいよ」

「まあな。俺たちふたりともかなりヤバいな」ニックがにやりと笑い、僕は期待に胸がぎゅっとなる。

「どうして返信をくれなかったの」

ニックが目をぱちくりさせる。「空白のメッセージが次々に届くから、誤作動か何かだと思ったんだ」ニックはポケットから携帯を出して、メッセージ画面を見せる。そこには五分前に僕が送ったメッセージがあるだけで、あとは空白のメッセージがいくつも続いている。

まじか。

そうだったんだ。

「なんて書いてあったの？」ニックが不思議そうに僕をのぞき込む。

「えっと……それは……これまでの写真を一枚ずつぜんぶ送ったんだ」僕は髪をかき上げる。「笑っちゃうよね。ごめん」

「俺たちふたりの写真？」

「ははは……うん」

「この携帯、もう写真を受けとれないのかもな」

彼の顔を見つめる。「そうなの？」

「うん、そんな気がする。二か月ほど前に階段から落としたの、知ってるだろ？それ以来どうも調子が悪いんだ」

僕は驚いて首を振る。「落としたのは知ってたけど、写真を受けとれないなんて知らなかった」

ニックが肩をすくめる。「俺も知らなかった」

「まじか」

思っていない。

「今見られる？」
ニックは笑っていない。真剣に聞いている。僕のしたことをばかみたいだとは思っていない。

「うん」ポケットから携帯を出して、僕たちは送った写真をスクロールしていく。ふざけた写真には大笑いし、キュートな写真では手をとめる。ずっと前に遠出したときの写真が出てきて、そのときのことを話すうちに、いろんなデートの思い出があふれ出す。ばかばかしいデート、最悪のデート、すごく楽しかったデート。そして、インドアやアウトドアや、学校や家で毎日過ごした、なんてことのない日々を思い出す。写真を見終わると、僕たちはアスファルトにすわり、フェンスにもたれる。太陽の光がコートに反射して、僕たちの靴を白く照らす。

そのまましばらく黙ったままでいる。やがて、ニックがぽつりとつぶやく。背後のざわめきにまぎれて、ようやく聞きとれるほどの小さな声で。「君と別れたくない」

その瞬間、僕は心の底から泣きそうになる。よかった、ほんとうに。

「僕も同じ気持ちだよ。別れたいと思わせてしまったのならごめん。そんなつもりじゃなかったんだ」

「同じく」ニックが笑う。「俺たち、なんでけんかしてたんだろう」

「ほんとに」

「怒鳴りつけたりしてごめん。それに、家まで送らなくてごめん」

「酔っぱらってみんなの前でいちゃついてごめん。それと、泣いたりしてごめん」

「大バカ野郎、なんて言ってごめん」

「帰れ、なんて言ってごめん」

「大学の話ばかりしてごめん」

「大学の話ばかりする君にイラついてごめん」

ニックは声を上げて笑う。いつもの明るく快活な笑い声だ。彼が僕の肩にもたれかかる。「けんかはもう終わりにしないか」

彼の手をさぐってぎゅっと握る。僕もニックの肩にもたれる。なつかしいにおい。ようやくここに帰ってこられた。「うん」

「君と別れたくない。永遠に」ニックが言う。

「僕もだ」

「ばかみたいかな」

「それでもいいよ」

「だよな」ニックは言う。

ニックは顔を上げて、僕にキスをする。何週間も、何か月も、ひょっとしたらこれまで一度も味わったことのない幸せを感じる。それと同時に、これまでとは何か違うものも感じる。どこがどう違うかはっきりとは言えないけど。ニックの手が頬に触れたとき、元に戻ったとは思わなかった。僕たちは、まったく新しい段階に入ったんだと思う。ふたりの関係が、前よりもっと深く、もっと強く、もっと確かな段階に。

わお、また恥ずかしくなってきた。

「君にいいものを買ってきたよ」しばらくたって身体を離し、ポケットからオレオ・デイリーミルクバーを出す。暑さで溶けてなきゃいいけど。

「やった」ニックが受け取り、袋を破って開ける。「これでけんかは終わり。俺たちは永遠の愛をここに誓う」そう言ってひと口かじると、僕に差しだす。「食べる？」

チョコバーを見ると、いつもの恐怖心が湧き上がってくる。だけど次の瞬間、何かが僕の背中を押した。「うん、食べるよ」

ニック

俺たちはサマー・フェスタを抜けることにした。オリバーはトリとお父さんにまかせておけば大丈夫だし、ここにいても俺たちがしたいことはとくにない。ビーチのほうがずっと楽しいというのがふたりの結論だ。

いつも行くビーチまでは車で一時間ほどかかるから、チャーリーは俺の携帯をカーステレオにつないで、スフィアン・スティーヴンス、シャウラ、カリードを次々にかけていく。もっと近いビーチもないわけじゃないけど、騒がしいティーンエイジャーや、小さな子どもたちでいつも混んでいて、タオルを敷く場所をめぐる小競り合いがあちこちであったりして落ち着かない。

俺たちのビーチはもっとこぢんまりしている。散歩にぴったりの細い桟橋があり、突きあたりにベンチがひとつある。道路をはさんだところに巨大なゲームセンターがあって、夜の十時まで開いている。ビーチはいつも閑散としていて、犬を連れた人やお年寄りがたまに散歩するくらい。今日もそんな感じだ。そこにあるのは広い空と、穏やかな青い海と、美しい水平線だけ。まるで世界が俺たちだけのために作られたみたいだ。

ふたりで話をしながらビーチを散歩して、桟橋を歩いて先端のベンチまで行き、そこでおしゃべりしたりキスしたりする。それから車にラグを取りにいき、ビーチに敷いて寝そべって、しばらく何も言わずに過ごす。

そのあとは、いつも行くフィッシュ・アンド・チップスの店に歩いていき、外のレンガのベンチにすわって食べながらおしゃべりをする。そして、いいことを思いつく。靴と靴下を脱いで、ジーンズの裾をまくって海に入ったらすごく楽しいだろうって。でも実際にやってみると、ジーンズはずぶ濡れになり、結局はあまりいい考えじゃなかったことがわかる。

チャーリーがまだ撮り足りないと言いだして、彼の携帯でたくさん写真を撮る。ゲームセンターで一時間過ごし、お気に入りのゲームをやりまくる。エアホッケー、ジャングルカー、スキーゲーム、バスケットボールゲーム、スロットマシン。ゲットしたコインでスーパーボールをひとつ手に入れる。

もう一度桟橋の端のベンチにすわって空を眺める。こんな日の夕日はぜったいに見逃せない。雲がピンクと紫に染まり、空はオレンジへと色を変え、やがてすべてが濃いブルーに沈む。

帰りの車の中で、チャーリーは眠りに落ちる。俺はラジオをつけ、自分の人生がこうであることを宇宙に感謝する。

6

チャーリー

アレッドは正しかった。僕たちはふたりともどうしようもない大バカだ。

僕とニックは、お互いの気持ちや、遠距離になったらどうするかをまる一日かけて話した。その結果、前よりも強く、僕たちは大丈夫だ、何もかもうまくいくと心から思えるようになった。

何もかもうまくいく。今度こそほんとうにそう思う。

ニックは家まで送ると言ってくれたけど、僕はニックの家に行きたいと言う。そして、今夜はニックのところに泊まるとトリにメールする。トリが両親に説明してくれるだろう。

僕たちは夜遅くまでおしゃべりしたり、ネットを見たり、ビデオを観たり、またおしゃべりしたり、笑ったり、うとうとしたりする。ずっと一生こうして過ごすのはどんな感じだろう。きっと最高の人生になる。本気でそう思う。

ベッドでごろごろするうちに、気づけば僕たちはキスしている。とくにめずらしいことじゃないけれど、なんだかとても新鮮に感じる。たとえば、一世紀のあいだ引き裂かれていたふたりが、ようやく再会できたみたいな。そんな安堵と狂おしさが入り混じった思いで、僕たちは互いの身体にしがみつく。そしてニックが僕を抱いていた手をゆるめて首筋にキスをしてきたとき、僕は完全に考えるのをやめる。

今でもこんな感じになるのはどうしてだろう……つき合ってもう二年にもなるのに、彼の腕の中でまだこんなふうに感じるなんて、いったいどうなってるんだろう。

つき合いはじめたころのような長いキスを交わし、ソファに移って映画を観ようとしたけれど、とても無理だ。こんなにやさしく髪や背中や腰をなでられていると、ほかのことは何も考えられない。服を脱ごうかと僕が言い終える前に、ニックはうんと言って、僕のTシャツを脱がす。僕がニックのシャツのボタンをなかなかはずせないでいるのを見て、彼は笑う。僕はベルトをはずされながら、ベッドサイドの引き出しに入っているコンドームに手を伸ばす。僕たちはまたキスを交わし、ベッドに倒れ込む。そのあとは――。

いつもよりも感情が高ぶっているからか、ただ疲れているからか、それともこの二週間あまりにいろんなことがありすぎたからなのかはわからないけれど、ニックと初めて結ばれたときのことがありありとよみがえる。

あのときはふたりとも死ぬほどおびえて、すごく混乱していた。自分たちが何をしているのかさえわからなかった。だけどよかった。すごくよかった。恐れや興奮、ほかにもいろんな感情がごちゃ混ぜになって、すべてが新しく感じられた。

あのときのそんな感じだ。

ニックは僕がばらばらに壊れてしまわないか恐れるみたいに、僕にそっと触れる。ふたりが生まれたままの姿になると、一秒一秒を記憶に刻もうとするかのように僕を見つめる。抱き合いながら、ニックは僕の名前を何度も呼ぶ。なんだかおかしくなってきて、黙っててよと言うと、ニックはにやりと笑って、僕を笑わせるためだけにわざと吐息まじりにささやき続ける。僕は彼の身体をぎゅっと引き寄せる。そうすればニックをここにつなぎとめて、ずっと離れずにいられるとでもいうように。

以前はこんなセンチメンタルなことを考えるのはばかみたいだと思っていた。だけど、今はそう思わない。誰に何を言われようと、僕は願い続ける。どうかここにいてほしい、このままどこへも行かないでほしいと。

余韻のなか、僕たちは脚をからめたままシーツにくるまっている。ニックは頭を僕の胸に載せている。ベッドサイド・テーブルに手を伸ばしてラジオをつけると、驚いたことにもう夜中の三時だ。いったいいつの間に？　ニックは眠っているようだから、僕も寝ようと目を閉じると、しばらくしてカシャという音がした。目を開けると、ニックがベッドの中の僕たちを携帯で自撮りしたところだった。

「ニック！」愉快そうに笑うニックの手から携帯を奪って、写真をチェックする。

「それほどスキャンダラスな写真じゃないだろ」

僕は答えない。写真に目を奪われている。あの使い捨てカメラで撮った写真みたいに、とても自然で素敵な写真だ。ニックは僕の胸に頭を預け、カメラ目線で笑みを浮かべている。僕はニックのほうに顔を傾け、目を閉じて少し口を開けている。

「消すなよ」ニックが言う。

「消さないけど」もう一度見てから、彼に返す。「インスタには載せないでよ」

「待ち受けに使うのは？」

「ヘンリーとネリーの写真をやめて？　ついに、ワンコたちよりも僕を愛するようになったか」

「いや、さすがにそれは……」

僕は寝返りを打ってニックを胸から振り落とし、ニックの上にまたがる。「なんだと」

ニックは笑って、僕を両手で抱きしめる。「わかった、認めるよ。ワンコたちより君を愛してる」

「よろしい」

「マジなこと言うと、誰よりも君を愛してる」

その声があんまり静かだったので、僕は顔を上げて目を合わせる。

「こういうのって変かな」ニックはまたまじめな声で言い、小さく笑う。「まだ十八歳なのに」

「どうだろう。ちょっと変かも」

変にきまってる。それはふたりともわかっている。僕たちはどう考えたってふつうじゃない。同世代のほかのカップルとはぜんぜん違う。毎日ずっと一緒にいるのも変だし、片ときも離れたくないと思ってるのも変だ。いつかこの気持ちがさめて、十代の恋に終止符を打つ日がくるんだろうかと毎日考えている。だけど、そんな日は来ない。いつまでたっても気持ちは変わらない。

それは、ふたりでいるのが心地いいから。一緒にいると、すごく安心できるから。

「僕だって変だ」僕は言う。ほんとうは、〝僕だって誰より君を愛してる〟と言いたいけれど、ここで言うのはちょっと違うと思う。それでも僕は、世界中の誰よりも心からニックを愛している。

ニックは僕をぎゅっと抱きしめて、「うん」とだけ言う。そんなことはとっくにわかってるというように。

ニック

　次の日の朝、チャーリーの携帯のアラームで目を覚ます。チャーリーがこれまで聞いたことのないような可愛い声でうーんとうなり、俺は寝ぼけながらも笑ってしまう。チャーリーがアラームを切り、寝返ってこっちを見る。「何?」

「今日は学校に行くなよ。行かなくていいだろう……試験休みなんだし……」両手を伸ばして抱き寄せると、チャーリーは目を閉じてつぶやく。「そうだね」

..♡
キス
キス

Nick Nelson

フルネーム

ニコラス・ネルソン

年齢

18歳

学年

13年生

誕生日

9月4日

好きなもの

- ラグビー
- 犬
- お菓子作り

嫌いなもの

- ホラー映画
- 虫
- 弱い者いじめ

Charlie Spring

フルネーム

チャールズ・フランシス・スプリング

年齢

17歳

学年

12年生

誕生日

4月27日

好きなもの

- 音楽
- ニックのスウェット
- 昼寝

嫌いなもの

- Wi-Fiのない場所
- 寒さ
- 精神的にキツい日

訳者あとがき

ニックとチャーリーはつき合いはじめて二年。互いのことを心から大切に思い、周囲からも完璧なカップルだと認められています。一歳年上のニックはこの夏に高校を卒業して大学進学のために町を離れることが決まり、新生活への期待に胸をふくらませる日々。一方のチャーリーは、ひとり取り残される寂しさと、遠距離恋愛への不安をニックに伝えることができずストレスを抱えています。SNSのフォロワーたちの無神経なコメントに心を揺さぶられ、さらに友人宅でのパーティーで耳にした思わぬ事実に追い打ちをかけられて……。

イギリス発のベストセラーLGBTQ+コミック『ハートストッパー』のニックとチャーリーの少し先の未来を描いた小説『ニック・アンド・チャーリー』をお届けします。

『ハートストッパー』は、世界三十三か国以上で翻訳出版され、実写化ドラマが

Netflixで現在シーズン2まで配信中の人気作品。作者のアリス・オズマンは二〇一四年、十九歳のときに、チャーリーの姉のトリを主人公にした小説『ソリティア』でデビューしたあと、脇役だったニックとチャーリーのカップルをとても気に入り、二〇一五年にふたりをメインキャラクターにした本作を書き上げました。その後、ふたりの出会いからを描いた『ハートストッパー』の連載をウェブ上でスタートさせます。ニックとチャーリーのピュアな恋愛と、セクシュアリティの多様性を描いたウェブコミックはたちまち評判になり、やがて書籍化され、世界的なヒットへとつながっていきます。

本作では、すでに安定した関係にあるふたりが、ニックの大学進学を機にその関係をどう変化させていくかが描かれます。ふたりの思いがそれぞれの視点から交互に語られ、互いへの気持ちはゆるぎないのに、想いがすれ違ってしまう場面には思わずはらはらさせられます。

相手を大事に想うからこそ、抱えている気持ちを素直に口にできないチャーリー。そんなチャーリーを後押ししてくれるのが、いつもクールで弟思いの姉のトリや、周囲の友人たちです。自分の気持ちを言葉にして伝えることのむずかしさ、大切さを思わずにはいられません。ニックとチャーリーがこの試練にどう向き合い、関係をどう深めていくのかを楽しんでお読みいただければ幸いです。

作者のアリス・オズマンは、一九九四年イギリスのケント州生まれ。十代のころから、セクシュアリティの多様性とティーンの心の揺れをテーマにした作品を数多く執筆し、二〇二一年には、アロマンティック・アセクシャル（他者に恋愛感情・性的欲求を抱かない）のティーンを主人公にした『*Loveless*』で、イギリスの文学賞「ＹＡブック・プライズ」を受賞しました。

彼女の作品を、イギリスでの刊行年順に紹介します。

〈**小説**〉

『*Solitaire*　ソリティア』（２０１４）

『*Nick and Charlie*　ニック・アンド・チャーリー』（２０１５）本書

『*This Winter*　ディス・ウィンター』（２０１５）

『*Radio Silence*』（２０１６）未訳

『*I Was Born for This*』（２０１８）未訳

『Loveless』（2020）未訳

〈グラフィック・ノベル（コミック）〉

『HEARTSTOPPER ハートストッパー』1巻（2019）／2巻（2019）／3巻（2020）／4巻（2021）／5巻（2023）

また、Netflix『ハートストッパー』の脚本も手がけており（つい先日、シーズン3の撮影完了のニュースが飛び込んできました）、コミック『ハートストッパー』は次の6巻が最終巻になると発表しています。シリーズ完結後も、多様な価値観に彩られた世界を見せてくれる新たな作品と出会えることを願ってやみません。

二〇二三年十二月

石崎比呂美

HEARTSTOPPER小説シリーズ 第一弾

This Winter

ディス・ウィンター

アリス・オズマン 石崎比呂美 訳

四六判 並製 144 ページ ISBN978-4-910352-64-0

ただ“ふつうの”クリスマスを過ごしたかった

トリとチャーリーとオリバーにとって、
今年の冬は試練のときだった。
せめてこのクリスマスは穏やかに過ごしたいと思っている。
それはオリバーにとっては、
姉兄と一緒にマリオカートをすることを意味し、
トリとチャーリーにとっては、この数か月にあったことを乗り越えて、
前を向くことを意味している。
このクリスマスは、家族をどんな方向へ導くのだろう――

アリス・オズマンのデビュー小説

Solitaire
ソリティア

アリス・オズマン 石崎比呂美 訳
四六判 並製 400 ページ ISBN978-4-910352-76-3

“わたしは無だ。わたしは空洞だ。
虚《うつ》ろで何もない”

わたしの名前は、トリ・スプリング。好きなことは、寝ることと、ブログ。
去年、わたしには友達がいた。今とは状況がずいぶん違う。
だけどもう、終わったことだ。
クリスマス休暇が終わり、また意味のない学校生活が始まったあの日、
謎のブログ〈ソリティア〉と、マイケル・ホールデンがわたしの前に現われた。
ソリティアが何をしようとしているのかはわからない。
マイケル・ホールデンはわたしには関係ない。ほんとうに。

HEARTSTOPPER
ハートストッパー

アリス・オズマン　牧野琴子訳

ボーイ・ミーツ・ボーイ。
少年たちは友情を育み、
そして、恋に落ちた。
家族、友人、学校、恋愛、人生……
青春時代に起こる
さまざまな出来事を描いた、
世界的ベストセラー
LGBTQ＋コミックシリーズ。

Vol.1

A5判 並製 288ページ
ISBN978-4-908406-96-6

Vol.3

A5判 並製 384ページ
ISBN978-4-908406-98-0

Vol.2

A5判 並製 320ページ
ISBN978-4-908406-97-3

Vol.5

A5判 並製 336ページ
ISBN978-4-910352-77-0

Vol.4

A5判 並製 384ページ
ISBN978-4-910352-00-8

The HEARTSTOPPER YEARBOOK
ハートストッパー・イヤーブック

アリス・オズマン 牧野琴子訳

HEARTSTOPPERの世界を
より深く楽しめる、
豪華オールカラーのファンブック。
作者の創作エピソードや、
キャラクター解説、
未発表のミニ・コミックなど
限定コンテンツ満載。

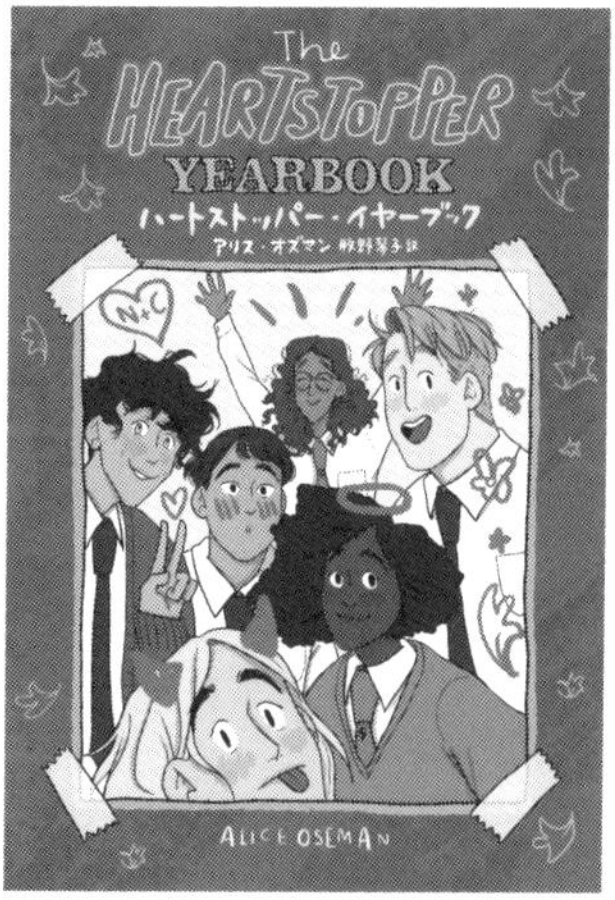

A5判 並製 160ページ
ISBN978-4-910352-52-7

著 者

アリス・オズマン

Alice Oseman

作家・イラストレーター。1994年、イギリス・ケント州出身。ダラム大学を2016年に卒業。19歳のとき、デビュー小説『Solitaire ソリティア』が出版される。その後『Radio Silence』『I Was Born for This』『Loveless』『This Winter ディス・ウィンター』などを刊行。2016年にコミック『HEARTSTOPPER』をWEBで発表するやいなや、多くのファンに支持され2019年にペーパーバック版を刊行。2022年にはNETFLIXドラマ『HEARTSTOPPER』シリーズが配信され、その脚本も手掛ける。普段は存在の無意味さを問いかけながら、ボーっとパソコンの画面を見つめている。オフィスワークを回避するためなら何でもやる。

♡ www.aliceoseman.com

♡ Instagram @aliceoseman

♡ X @AliceOseman

訳者

石崎比呂美

Hiromi Ishizaki

翻訳家。大阪府出身。主な訳書にアリス・オズマン『ソリティア』『ディス・ウィンター』、キャサリン・メイ『冬を越えて』、ロザムンド・ヤング『牛たちの知られざる生活』、ジェニファー・ニーヴン『僕の心がずっと求めていた最高に素晴らしいこと』などがある。

〈メンタルヘルスについての相談先〉

メンタルヘルスや心の病に関する情報やサポート、
ガイダンスを提供する機関の一覧です。

○厚生労働省 こころもメンテしよう
https://www.mhlw.go.jp/kokoro/youth/

○厚生労働省 知ることからはじめよう みんなのメンタルヘルス
https://www.mhlw.go.jp/kokoro/

○チャイルドライン（18歳までの子ども専用）
https://childline.or.jp/

○摂食障害情報ポータルサイト
https://www.edportal.jp/

○摂食障害全国支援センター：相談ほっとライン
https://sessyoku-hotline.jp/

○特定非営利活動法人 SHIP
http://ship.or.jp/

○にじいろtalk-talk
https://twitter.com/LLinq2018/

○よりそいホットライン
https://www.since2011.net/yorisoi/

※掲載データは2023年12月現在のものです

装　丁　藤田知子
校　正　阿部真吾
編　集　小泉宏美

Nick and Charlie

ニック・アンド・チャーリー

2024年1月19日　初版 第1刷 発行

著　者　アリス・オズマン
訳　者　石崎比呂美

発行者　住友千之
発行所　株式会社トゥーヴァージンズ
〒102-0073　東京都千代田区九段北4-1-3
電話：(03) 5212-7442
FAX：(03) 5212-7889
https://www.twovirgins.jp/

印刷所　中央精版印刷株式会社

ISBN 978-4-910352-78-7
©Alice Oseman, Hiromi Ishizaki, TWO VIRGINS 2024
Printed in Japan

乱丁・落丁本はお取り替えいたします。
本書の無断複写（コピー）は著作権法での例外を除き、禁じられています。
定価はカバーに表示しています。